KB142584

신화 사냥꾼과
비밀의 세계

# 신화 사냥꾼과 비밀의 세계
(청소년 성장소설 십대들의 힐링캠프, 신화)

**[십대들의 힐링캠프®] 시리즈 NO.09**

지은이 | 박기복
발행인 | 김경아

2017년 1월 5일 1판 1쇄 인쇄
2017년 1월 11일 1판 1쇄 발행

**이 책을 만든 사람들**
책임 기획 | 김경아
북 디자인 | 김효정
교정 교열 | 좋은글
경영 지원 | 홍종남
표지 일러스트 | 정지란

**이 책을 함께 만든 사람들**
종이 | 제이피씨 정동수 · 정충엽
제작 및 인쇄 | 다오기획 김대식 · 정인균 · 유재상

펴낸곳 | 행복한나무
출판등록 | 2007년 3월 7일. 제 2007-5호
주소 | 경기도 남양주시 도농로 34, 부영e그린타운 301동 301호(도농동)
전화 | 02) 322-3856 팩스 | 02) 322-3857
홈페이지 | www.ihappytree.com
도서 문의(출판사 e-mail) | e21chope@daum.net
내용 문의(지은이 e-mail) | yesreading@gmail.com
※ 이 책을 읽다가 궁금한 점이 있을 때는 지은이 e-mail을 이용해 주세요.


ISBN 978-89-93460-35-3
“행복한나무” 도서번호 : 093

:: [십대들의 힐링캠프®] 시리즈는 “행복한나무” 출판사의 청소년 브랜드입니다.

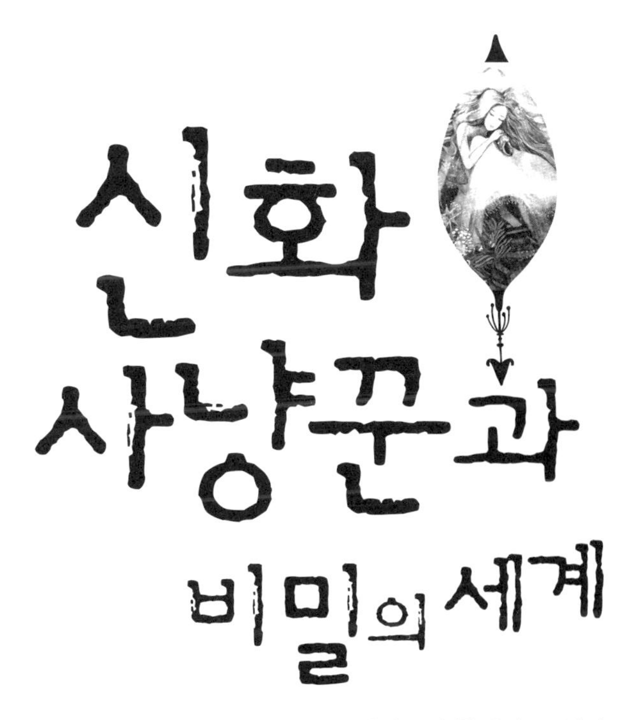


청소년 성장소설 십대들의 힐링캠프, 신화

| **박기복** 지음 |

햇빛에 바래지면 역사가 되고
달빛에 물들면 신화가 된다.

- 이병주 〈산하〉 -

차례

[프롤로그] 나는 하고 싶은 일이 없다 6

01 **이방인**_무기력하고 지루한 날에 찾아든 손님 8

02 **몽골**_하늘 가득한 별빛 신화가 피어난 나라 22

03 **중국**_구원의 어머니 서왕모와 반도원 복숭아 47

04 **재니스 조플린**_내 마음에 우뚝 선 신화 65

05 **페루**_나스카 지상화에 감춰진 비밀 77

06 **비라코차**_천지창조와 새롭게 태어난 나 86

07 **잉카**_달빛에 물들어 신화가 된 태양의 제국 108

08 **인도**_신과 사람과 죽음이 함께하는 나라 126

09 **크리슈나**_사명을 받고 태어난 힌두교의 예수 144

10 **이집트**_죽음의 신 오시리스와 아누비스 161

11 **신화 사냥꾼**_호루스의 눈을 쫓는 사람들 185

[에필로그] 21세기 이야기꾼과 '셋째 눈' 205

# 나는 하고 싶은 일이 없다

저녁 먹고 침대에 누워 하릴없이 뒹구는데 엄마가 내 방문을 벌컥 열었다.

"또 숙제 안 해 가려고 그렇게 노닥거리니?"

또 잔소리다. 뭐라고 대꾸하고 싶지만 귀찮다. 엄마랑 말싸움도 지쳤다. 매섭게 바라보는 엄마 눈이 아닌 벽지에 그려진 꽃망울에 눈길을 둔 채 침대에서 일어났다. 발끝 하나 옮기기 귀찮았지만 엄마 입에서 쏟아지는 시끄러운 소리가 듣기 싫어서 억지로 발을 옮겼다. 침대에서 책상까지 가는 길이 한없이 멀게 느껴졌다. 숨을 쉬기도 힘들었다. 어렵게 책상에 앉았다.

'이제 무엇을 해야 하지?'

무엇을 할지 망설이기도 힘들었다. 그냥 머리가 멍했다. 등 뒤에서 나를 노려볼 엄마 얼굴이 떠올랐다. 그냥 멍하니 앉아만 있으면 또 무슨 소리가 들릴지 모른다. 손끝하나 움직이기 싫었지만, 아니 움직일 힘도 없었지만 오른손을 들어 가장 가까운 거리에서 손에 걸리는 책 한 권을 잡았다. 꺼내기 싫었다. 그래도 숨 한 번 들이 마시며 굳게 마음먹고 책을 잡아서 꺼냈다. 책 제목은 보지도 않고 바로 펼쳤다. 글씨가 보이긴 하는데 무슨 글씨인지 눈에 들어오지 않았다. 문이 닫히는 소리가 들렸다.

멍하니 책에 눈을 두었다. 글은 하나도 읽지 않았다. 그냥 그렇게 앉아 있기만 했다. 머리에 수많은 생각이 떠올랐다 사라졌다. 책상 서랍에서 스마트폰 공기계를 꺼냈다. 엄마 몰래 감춰둔 스마트폰 공기계다. 걸리면 또 빼앗긴다. 언제 문이 또 열릴지 모르지만 멍하니 앉아 있기가 정말 지겨웠기에 어쩔 수 없이 공기계를 꺼낼 수밖에 없었다.

옷 속으로 이어폰을 넣어서 왼쪽 귀에 꽂았다. 머리카락을 내려 귀를 가렸다. 가늘고 앳된 목소리가 영어로 노래를 했다. 알아듣는 노랫말도 있고 무슨 말인지 모르는 노랫말도 있다. 그래도 좋다. 그나마 답답한 가슴이 풀렸다. 왼쪽 귀로는 노래를 들으면서 오른쪽 귀로는 방 밖에서 나는 소리에 레이더를 세웠다.

그때 현관 벨 소리가 들렸다. 누구지? 택배도 아니고, 엄마를 찾아올 손님도 없고, 아빠가 올 때는 멀었고, 동생은 학원에 있을 텐데……, 누굴까?

01

# 이방인_무기력하고 지루한 날에 찾아든 손님

오늘 하루도 참 지겨웠다. 1학기 기말고사가 끝난 학교는 말라 비틀어진 김치처럼 기운이 없다. 안 그래도 재미없는 학교가 기말고사가 끝난 뒤라서 더 지루하다. 오늘 아침에도 늦었다. 우리 집과 학교는 5분 거리도 안 된다. 학교 앞 사거리만 없으면 3분도 안 걸린다. 늘 그 신호등이 문제다. 신호등에 잘못 걸리면 지각이다. 오늘도 마찬가지였다. 5분 남겨놓고 집에서 나갔는데 재수 없게도 내가 건너려고 하는데 신호등이 바뀌었다. 옆에 있던 애들은 부리나케 뛰어가서 녹색 불이 깜박일 때 건너갔는데, 느리게 걷던 나는 그만 신호등에 딱 걸리고 말았다. 나와 같은 꼴이 된 몇몇 애들이 옆에서 발을 동동거렸다.

신호등이 바뀌었다. 학교 정문까지 1분 안에 가야 한다. 옆에 있는 애들이 뛰었다. 뒤에서 뛰어오던 애가 내 어깨를 치고 지나갔다. 온 몸이 흔들렸다. 그 애는 나를 쳐다보지도 않고 교문으로 내달렸다. 짜증이 났다. 그래도 나는 뛰지 않았다. 빠르게 뛰는데 힘을 쏟고 싶지 않았다. 후덥지근한 날씨에 뛰기까지 하면 땀이 나고, 땀이 나면 더 찌뿌둥해진다. 그냥 여느 때처럼 느리게 걸었다. 30초 늦었다. 선생님은 내 이름을 적고 혀를 찼다. 나는 이어폰을 귀에 꽂고 교문 옆에 서서 몇 분을 기다렸다. 지각해서 잡았으면 더 빨리 들어가도록 해야지 왜 잡아 두어서 교실에 들어가는 시간이 더 늦어지게 하는지 모르겠다. 벌점 2점을 받았다. 내 벌점이 몇 점인지 세다가 까먹었다. 아마 곧 엄마가 불려올 벌점이 될지도 모른다. 엄마가 학교로 불려온다고 해서 껄끄럽지는 않다. 귀찮은 일은 엄마가 당하지 내가 당하지는 않으니까.

교실에 가니 애들이 시끄럽게 떠들었다. 애들 얼굴과 말투에서 기말시험이라는 사슬에서 풀려난 자유로움이 묻어났다. 시험이 끝났다고 뭐가 그리 신날까? 어차피 또 얼마 안 있으면 시험을 봐야 하고, 10대가 끝나는 날까지 시험이라는 사슬에서 벗어날 수 없는데 말이다. 이어폰을 한쪽 귀에 꽂고 멍하니 창밖을 봤다. 때마침 '렌카'가 부르는 블루 스카이(Blue Sky) 노래가 흘러나왔다. 렌카 목소리는 참 맑다. 천둥이 치고 어둠이 내려도 다시 푸른 하늘이 찾아오니 빛을 향해 걸어가자는 노랫말이 희망을 품으라고 속삭인다. 그렇지만 내 눈에 들어온 하늘은 온통 우울한 푸른빛이다. 천둥과 폭풍우가 지난 뒤에 과연 맑은 하늘이 나타날까? 이 우울한 10대가 지나가고 나도 여전히 궁상맞고 꾀죄죄한 푸른빛이면 어떻게 할까? 렌카가 맑게 노래할수록 내 마음은 더 울적해졌다.

'구름이 몰려오게 내버려 둬♪ 다시 푸른 하늘이 올 테니까♬ 제발 그렇게 되기를, 그렇게 되기를.'

속으로 몇 번이나 이렇게 중얼거렸다.

멍하니 창밖을 보며 노래를 듣는데 애들은 뭐가 그리 신난지 시끄럽게 떠들었다. 그때 선생님이 나타났다.

"시험 끝났다고 아주 난장판이구만!"

선생님이 교탁을 두세 번 쳤다.

그래도 애들은 입을 다물지 않았다.

"선생님, 기말고사도 끝났는데 우리 놀아요."

"그래요. 영화 봐요."

선생님이 아무리 수업 쪽으로 애들 마음을 돌리려 해도 애들은 막무가내로, 끈질기게 선생님을 졸랐다. 몇 번 거절하는 척하던 선생님은 마지못해 받아들이는 시늉을 하면서 영화를 보게 했다. 애들 가운데 한 명이 USB를 들고 나와서 영화를 틀었다. 선생님도 한쪽에 앉아 같이 영화를 봤다. 공포 영화였다.

나는 벽에 걸린 TV화면에서 눈을 뗐다. 다시 이어폰을 귀에 꽂았다. 창문 옆이었지만 밖을 볼 수 없었다. 영화를 보려고 커튼으로 창문을 가렸기 때문이다. 하늘조차 볼 수 없는 교실은 숨이 막혔다. 영화는 보지 않고 멍하니 커튼 밖 하늘을 떠올리며 노래만 들었다.

1교시가 끝났다. 애들은 쉬는 시간에도 영화를 봤고, 2교시 선생님이 들어와도 영화를 끄지 않았다. 애들은 2교시 선생님도 졸랐다.

"보다가 멈추면 답답해요."

"선생님! 보게 해주세요."

2교시 선생님은 애들이 몇 마디 하지 않았는데도 영화를 계속 보게 해주었다.

"떠들지 말고 봐라."

그렇게 말하고 선생님은 나가 버렸다. 애들은 신나게 대답하고는 영화에 빠져들었다. 나는 그러거나 말거나 음악만 들었다. 지루한데 졸리지는 않았다. 어제도 새벽 2시가 넘도록 음악 듣고, 웹툰 보고, 동영상을 뒤적거리다가 잠이 들었다. 언제나 내 밤은 별 뜻도 없고 재미도 없는 일들로 채워진다. 그런데도 빨리 자기는 싫다. 나도 내가 왜 그런지 모르겠다. 낮에는 졸음이 밀려오는데, 밤엔 잠이 오지 않았다.

늦게 자니 아침이 힘들고, 수업을 받는 내내 졸리다. 그러다 보니 수업을 할 때 들키지 않게 자는 재주만 늘었다. 졸리지 않을 때도 수업은 힘들고, 늘 지루하다. 도대체 무엇을 위해 배우는지도 모를 지식들을 머릿속에 구겨 넣느라 애를 써야 하는 까닭을 모르겠다. 감옥도 이런 감옥이 없다. 늘 똑같이 흘러가는 학교생활, 뻔한 소리만 늘어놓는 선생님들이 지겹다. 틈만 나면 쏟아지는 엄마 잔소리는 더 지겹다.

애들은 하루 내내 영화만 봤다. 선생님들도 별 말 없이 영화를 보게 해주었다. 시험이 끝났으니 공부를 할 까닭이야 없지만 이래도 되나 싶었다. 시험을 보려고 공부하기는 하지만, 아무리 그래도 그렇지 선생님들까지 '학교는 시험을 위해 있다'고 대놓고 까발려야 할까? 속으로는 그럴지라도 겉으로는 바른 됨됨이, 깊고 높은 지식, 살아가는 지혜 따위를 학교가 있는 목적으로 내세워야 하지 않을까?

하루 내내 좋아하지도 않는 영화만 나오는 교실에서 힘겹게 버티다가 집으로 돌아왔는데, 오자마자 엄마가 잔소리를 늘어놓았다. 엄마는 지치지도 않는다. 내가 한결같다면 잔소리를 그만둘 때도 됐는데 말이다.

"너는 하고 싶은 일도 없니?"

엄마는 툭하면 이렇게 쏘아붙인다.

맞다. 나는 하고 싶은 일이 없다. 공부도 잘하고 싶지 않다. 시험 잘 보려고만 하는 공부 따위를 내가 왜 애쓰면서 해야 하는지, 정말 모르겠다. 처음엔 엄마에게 많이 대들었지만 지금은 엄마가 잔소리를 하면 그러나 보다 하고 듣다가 내 방으로 그냥 들어가 엄마 말을 듣는 척 시늉만 한다.

방으로 들어가 침대에 누워 하릴없이 뒹구는데 엄마가 문을 열고 들어와 또다시 잔소리를 쏟아냈다.

"또 숙제 안 하고 노닥거리기만 할래?"

＊ ＊ ＊

멍하니 노래를 듣는데 초인종 소리가 났다. 아빠가 들어올 시간은 아니다. 동생은 나와 달리 착실하게 학원을 다닌다. 나는 학원에 가도 그냥 멍하니 있다 오거나, 학원이 이러저러한 점이 마음이 안 든다며 없는 트집까지 잡아서 학원을 그만두기를 거듭한다. 오늘도 학원에 갔다 오긴 했는데 돈이 아깝다. 내가 보기에 엄마는 나를 다그치는 일을 그만둘 때가 됐는데도 정말이지 끈질기게 놓아주지 않는다.

낯선 목소리가 들렸다. 아니다. 낯설면서도 익숙한 목소리였다.

"민지야!"

엄마가 나를 불렀다. 밖으로 나오라는 소리다. 귀찮았다. 수학 문제집을 폈다. 괜히 문제를 푸는 척 끼적거렸다.

"민지야, 빨리 나와."

또다시 엄마가 불렀지만 그냥 모른 척했다. 이어폰을 얼른 귀에서 뺐다. 곧 엄마가 들이닥칠 테니까. 문이 덜컥 열렸다.

"민지 너! 엄마가 부르는데 대꾸도 안 할래?"

나는 일부러 손을 빠르게 놀리면서 엄마 쪽은 쳐다보지도 않고 대꾸했다.

"수학 문제 풀잖아."

내가 부지런히 공부하는 척하면 엄마는 나를 가만히 둔다.

아니나 다를까 엄마 목소리가 부드럽게 가라앉았다.

"외삼촌 왔어. 나와 봐."

외삼촌? 나에게 외삼촌이 있었나? 아, 맞다. 있었지. 아주 어릴 때 찍은 사진을 모아놓은 앨범에 어린 나와 10대 소년이 함께 있는 사진이 꽤 많다. 내가 사진 속 소년이 누군지 물어봤더니 외삼촌이라고 했다. 외삼촌은 딸만 넷인 집에서 막내로 태어났다. 내가 태어났을 때 외삼촌 나이가 열다섯이었다. 지금 나와 같은 나이다. 열다섯에 조카가 생기면 어떨까?

"외삼촌이 널 얼마나 귀여워했다고."

엄마 말을 듣고 아무리 사진을 들여다봐도 낯설기만 했다. 옛날 일이 하나도 떠오르지 않았다.

"그럴 수도 있겠다. 네가 다섯 살 때, 그러니까 외삼촌이 고등학교를 마치자마자 세계를 돌아다니고 싶다면서 대학도 안 가고 외국으로 나갔으니까. 우리가 아무리 막아도 막무가내였어. 돈도 안 줬는데 어디서 돈을 구했는지 어느 날 바람처럼 사라져 버렸어. 어쩌다 우리나라에 돌아와서도 며칠만 머물다 곧바로 떠나버렸으니, 네가 외삼촌을 기억하지 못할 수밖에."

스무 살이 되자마자 떠나다니, 외삼촌이 부러웠다. 그러나 나는 그럴만한 재주도 용기도 없다. 돈도 없이 세계를 떠돌다니, 가고 싶은 마음보다 두려움이 훨씬 크다. 외삼촌처럼 떠나고 싶다는 열망에 잠깐 휩싸였지만 곧 잦아들었고, 외삼촌처럼 떠나겠다는 생각은 저절로 사라졌다. 그때가 초등학교 3~4학년쯤이었는데, 그 뒤로 외삼촌 이야기를 아무하고도 나눠 본 적이 없다.

나는 수학책을 덮고 일어섰다. 외삼촌은 부엌 식탁에 앉아서 나를 보자마자 환하게 웃었다.

"민지, 많이 컸네."

엄마와 닮은 웃음이 낯익었다. 아마 나와 같이 있을 때 늘 짓던 웃음인 듯했다.

나는 아무 말도 않고 고개만 까딱했다.

"예의 없게 뭐하는 짓이니. 제대로 인사해야지."

엄마가 또 나를 나무랐다.

어떻게 할까 망설이는데 외삼촌이 손을 휘저었다.

"아니야, 됐어. 너희 엄마는 내가 어릴 때도 지금이랑 똑같았어. 어찌나 잔소리를 하는지, 사람은 참 안 바뀌나 봐. 그치?"

외삼촌이 싱글거리며 내게 말했다.

나는 나도 모르게 살짝 웃고 말았다.

"누가 어릴 때부터 꼭 붙어 다니던 사이 아니랄까봐 죽이 아주 척척 맞네."

외삼촌과 내가 꼭 붙어 다녔다니 처음 듣는 말이다. 어릴 때 줄곧 같이 있었다면 기억에 깊이 남을 만한데 왜 외삼촌이 하나도 떠오르지 않을까?

"이제 그만 떠돌아다니고 들어와야지 않겠니? 엄마 아빠 연세도 있는데."

"팔팔할 때 돌아다녀야지, 나이 조금 더 들면 힘들어서 못 다녀."

"이번엔 오래 머물거니?"

"아직은 잘 몰라."

엄마와 외삼촌이 이런저런 이야기를 나누는데 가만히 듣고 있기가 힘들었다. 그래서 말없이 내 방으로 들어왔다. 방으로 들어와서 다시 책상에 앉았다. 이어폰을 꽂고 수학 문제집을 폈다. 그러나 문제를 풀진 않았다. 연습장에 손이 가는 대로 그림을 그렸다. 한참 그림을 그리는데 문을 두드리는 소리가 들렸다. 연습장을 얼른 넘겼다. 다시 문을 두드리는 소리가 들렸다. 이어폰을 빼서 서랍에 넣었다. 다시 문을 두드리는 소리가 들렸다.

엄마가 아니다. 엄마는 이렇게 여러 번 문을 두드리지 않는다. 그냥 벌컥 문을 열고 들어온다. 그러니 외삼촌이다.

"넌 뭘 그렇게 문을 계속 두드리니? 민지 걔가 요즘 버릇이 없어. 내가 아무리 불러도 대답도 안 해."

"숙녀 방인데 함부로 열고 들어가면 되나."

숙녀라니, 피식 웃음이 나왔다. 아무튼 내가 하고 싶은 말을 외삼촌이 대신 해주니 기뻤다. 외삼촌이 참 마음에 들었다. 다시 문을 두드리는 소리가 들렸다.

"문 여셔도 돼요."

문이 살짝 열리면서 외삼촌이 머리를 빼꼼 내밀었다.

"오늘 저녁에 아주 비싼 곳에서 밥을 먹기로 했는데, 어때? 나랑 같이 갈래?"

"좋아요."

나는 망설이지 않고 말했다.

"내 참, 엄마가 말할 때 그렇게 대답하는 꼴을 못 봤는데, 외삼촌한테는 어쩜 그렇게 금방 대답할까?"

엄마가 투덜거렸다.

"지금 나가자! 옷 차려 입고 바로 나오렴."

외삼촌이 문을 닫았다.

옷을 갈아입고, 노래가 가득 든 스마트폰 공기계를 챙겼고, 이어폰도 주머니에 담았다. 문을 열고 나가니 외삼촌은 이미 신발을 신고 기다렸다.

"자, 공주님! 가실까요?"

나는 웃으면서 외삼촌을 따라 나섰다.

아파트 앞에 웬 검은 승용차가 있었다. 척 봐도 엄청 비싼 차였다. 승용차 앞에 검은 양복을 입은 남자는 외삼촌을 보자마자 꾸벅 고개를 숙였다. 남자가 뒷문을 열었고 외삼촌이 탔다. 나도 따라 들어갔다. 몸이 의자에 착 감겼다. 이 차에 견주면 우리 집 차는 고물차나 다름없었다.

“너 이런 차 처음 타보지? 나도 그래. 어쩌다 보니 이런 차도 타보는구나.”

이것저것 물어보고 싶었지만 생각과 달리 입이 떨어지지는 않았다. 나는 그냥 이어폰을 귀에 꽂고 가만히 있었다. 차는 부드럽게 달렸는데 흔들림이 느껴지지 않았다. 외삼촌은 내 얼굴을 잠깐 가만히 보다가 고개를 돌린 뒤로는 말도 걸지 않았다. 마음이 놓였다. 눈치가 보이지 않아서 좋았다. 처음이었다. 우리 가족이 아닌 다른 사람과 같은 자리에 함께 하면서도 아무 말 않고 가만히 있어도 괜찮은 느낌은 정말 처음이었다.

멀리 큰 호텔이 보였다. 태어나서 처음 와보는 호텔이었다. 차가 점점 느려졌다. 이어폰을 귀에서 뺐다. 내가 문을 열지 않았는데도 문이 열렸다. 차에서 내리니 여름인데도 양복을 갖춰 입은 사람이 우리를 이끌었다. 승강기는 40층에서 멈췄다. 레스토랑에 들어선 나는 벌린 입을 다물지 못했다. 이렇게 멋진 곳이 진짜로 있을 줄은 몰랐다. 드라마나 영화에서 돈 많은 사람들이 만나는 레스토랑처럼 눈부셨다.

외삼촌과 나는 창가에 앉았다. 서울이 훤히 내려다보이는 곳이었다. 해가 지면서 펼쳐낸 노을빛과 도시를 밝히려고 하나 둘 씩 켜지는 불빛이 어우러져 묘한 분위기를 만들어냈다. 우리가 앉자마자 요리가 나왔다. 태어나서 한 번도 먹어 본 적이 없는 요리였다.

"외삼촌, 이렇게 먹어도 괜찮아요?"

포크를 잡은 손이 살짝 떨렸다.

"괜찮아 마음껏 먹어."

"외삼촌, 돈 많아요?"

"돈이 많기는……. 이곳저곳 돌아다니는데 돈을 어떻게 모아? 누가 사준다고 해서 먹는 거야."

"누가요? 그 사람은 왜 안 와요? 우리끼리 먹어도 돼요?"

내가 잇따라 묻자 외삼촌이 활짝 웃으며 말했다.

"괜찮아. 너는 그냥 맛있게 먹으면 돼."

몇 가지 요리를 먹었는지 셀 수조차 없었다. 많이 먹었지만 거북하지 않았다. 음식을 다 먹고 마지막으로 부드러운 차를 마시는데 아주 예쁘게 생긴 여자가 우리에게 다가왔다.

"김현 씨, 회장님이 기다리고 계십니다. 잠깐만 오시죠."

외삼촌이 자리에서 일어났다.

"꼬마 숙녀 분은 잠깐만 여기서 기다리세요. 더 먹고 싶은 음식이 있으면 말하세요."

예쁜 아가씨가 말했고,

"잠깐 기다려. 얼마 안 걸릴 거야."

외삼촌이 말했다.

외삼촌이 예쁜 여자를 따라 레스토랑을 나가고, 나는 어두워지는 도시를 보며 가만히 앉아 있었다. 레스토랑 안에서 잔잔하게 흐르는 음악이 마치 영화에 나오는 배경음악 같았다. 내가 멋진 영화 속 주인공이 된 것 같아서 한참을 가만히 음악 속으로 빠져들었다.

30여분 뒤 외삼촌이 자리로 돌아왔다. 우리는 곧바로 레스토랑을 나왔고 같은 차를 타고 다시 집으로 돌아왔다. 나는 차에서 내려 아파트로 올라왔고, 외삼촌은 그 차를 타고 떠났다. 거실에 올라와서 바깥을 내려다보는데 아주 크고 멋진 검은 승용차 한 대가 주차장에 서 있었다. 처음엔 외삼촌이 되돌아 온 줄 알았다. 그런데 자세히 보니 차 모양이 살짝 달랐다. 검은 차는 5분쯤 머물러 있다가 떠났다.

며칠 뒤 외삼촌이 다시 우리 집에 찾아왔다. 그때 나는 별로 보이고 싶지 않은 모습을 외삼촌에게 보여주고 말았다. 내 방이 지저분하다면서 엄마가 야단을 쳤고, 그냥 넘어가던 옛날과 달리 엄마에게 말대꾸를 하는 바람에 다툼이 크게 일어났다. 엄마는 나를 몰아붙였고, 나는 있는 힘껏 엄마에게 대들었다. 그때 외삼촌이 왔고 나와 엄마가 다투는 볼썽사나운 모습을 모두 보게 되었다. 외삼촌은 엄마와 내가 벌이는 싸움을 말없이 지켜만 보았다.

엄마는 한참 나를 야단치다가 나중에는 외삼촌에게 내 못된 점을 끝없이 늘어놓았다. 말도 안 되는 이야기도 있었지만, 찔리는 이야기도 많았다. 외삼촌은 묵묵히 엄마 말을 들었다. 나는 문을 닫고 내 방으로 들어가 버렸고, 외삼촌과 엄마는 밖에서 한참 이야기를 나눴다. 침대에 누워서 씩씩거리는데 외삼촌이 문을 두드리고는 들어왔다.

"민지야, 삼촌이랑 세계여행 다녀보지 않을래? 이번엔 돈도 두둑해서 고생하지 않고 다닐 거 같은데, 어때? 어차피 방학이잖아."

나는 쉽게 답하지 못했다. 이곳을 뜨고 싶긴 했지만 뜬금없이 세계여행이라니, 두려움과 걱정이 꿈틀거렸다. 어떻게 할지 몰라 망설이는데 내 방 앞으로 엄마가 다가왔다.

"거 봐. 내가 뭐랬어. 쟤는 절대 못한다니까. 하고 싶은 일도 없고, 할 줄 아는 일도 없는 애한테 무슨 여행이니? 그것도 세계여행이라니. 관 둬."

엄마가 차갑게 말했다.

그 차가움이 나를 울컥하게 만들었다.

"가요. 가면 되잖아요. 외삼촌! 언제 가죠?"

그렇게 해서 내 여행길이 열렸다. 그때만 해도 그냥 여행인 줄 알았다. 그냥 외삼촌을 따라서 세계 곳곳을 구경하며 다닐 줄 알았다. 나는 아직 외삼촌을 몰랐다. 10년 동안 외삼촌이 도대체 어디를, 무엇을 하며 다녔는지 알지 못했다.

02

# 몽골_하늘 가득한 별빛 신화가 피어난 나라

엄마 잔소리에 '욱~' 해서 여행을 간다고 했지만 막상 가려고 하니 귀찮았다. 그냥 집에서 뒹굴고 싶은 마음이 굴뚝같았다. 그러나 그럴 때마다 엄마 비웃음이 떠올라 참을 수가 없었다. 내가 또 이러다 그만두면 얼마나 비웃을지 떠올리기만 해도 끔찍했다. 엄마는 내가 비행기에 오르는 바로 그 때까지 쉼 없이 잔소리를 해댔다. 도대체 얼마나 나를 믿지 못하면 저렇게 끊임없이 잔소리를 늘어놓을까 싶었다.

중국으로 가는 비행기를 타자마자 나는 깊은 한숨을 내쉬었다. 지친 마음을 음악으로 달래려고 이어폰을 귀에 꽂았다. 그때 옆에 있던 외삼촌이 작은 상자를 내밀었다.

"선물!"

나는 말똥말똥 외삼촌을 쳐다봤다.

"열어 봐."

상자를 뜯었다. 엄청 비싼 이어폰이었다.

"음악은 좋은 소리로 들어야 돼. 싸구려 이어폰으로는 제대로 된 음악을 즐기지 못해. 이어폰에 따라 소리가 다르고, 소리가 다르면 느낌이 다르고, 느낌이 다르면 같은 음악도 전혀 다르게 들리지. 음악을 즐기려면 좋은 소리로 들어."

내가 엄마에게 몇 번이나 했던 소리다. 내가 아무리 부탁해도 엄마는 귀를 닫고 들어주지 않았던 말이다. 나는 스마트폰으로 노래를 내려 받은 뒤 마음에 들면 같은 음악이 실린 CD도 사는데, 엄마는 내가 그럴 때마다도 "똑같은 음악인데 왜 돈을 두 번 쓰냐?" 하며 나를 나무란다. 엄마는 CD와 디지털이 내는 소리가 얼마나 다른지 모른다. 디지털 소리는 따라올 수 없는 CD가 지닌 끌림을 모른다. 그런데 외삼촌은 달랐다. 엄마는 내 마음도 몰라주는데 외삼촌은 한 발 더 나아가 나와 똑같은 생각이었다. 내 기억엔 없지만 외삼촌과 내가 죽이 잘 맞았다는 엄마 말이 떠올랐다.

'고마워요 외삼촌' 하고 말하려 했지만 입이 잘 떨어지지 않았다. 그냥 눈을 동그랗게 뜨고 바보처럼 외삼촌을 바라보기만 했다.

이어폰을 바꾸니 역시 소리가 달랐다. 노래꾼 목소리는 제 빛을 찾았고, 뒤를 받쳐주는 악기들이 더 뚜렷하게 들렸다. 귀가 즐거웠다. CD로 들을 때 풍기는 멋스러움엔 미치지 못하지만, 디지털로 즐기는 음악으로는 더할 나위 없이 좋았다. 중국까지 가는 시간이 아주 빠르게 지나갔다.

비행기에서 내릴 때까지는 설레었다. 공기가 나쁠 줄 알았는데 생각보다 베이징 아침 하늘은 상당히 맑았다. 아침 햇살을 받으며 버스에 탈 때만 해도 조금 가다 말겠거니 했다. 처음 타 보는 중국 버스가 어떨지 기대하기도 했다. 그러나 모든 설렘은 첫 번째 휴게소에서 무참히 깨지고 말았다. 휴게소에서 차가 멈추자마자 화장실로 뛰어갔다. 외삼촌이 내 이름을 크게 불렀지만 마음이 급해서 못들은 척하고 뛰어 들어갔다. 그러다 화들짝 놀라서 재빨리 튀어 나왔다.

"화장실 칸막이가… 없어요."

외삼촌이 실실 웃었다.

"안 그래도 내가 그렇다고 말해주려고 했는데……."

"아니, 왜 칸막이가?"

아무리 문화가 다르다 해도 그렇지, 화장실이 뻥 뚫려 있다니……, 말도 안 된다.

"그러게. 나도 이제 그러나보다 하지만 아직도 화장실에 칸막이가 없는 까닭을 잘 모르겠어. 대도시엔 다 칸막이가 생겼는데 시골에 가면 아직도 이런 곳이 많아."

"어떡하죠?"

외삼촌은 어깨를 들썩이며 말했다.

“별 수 없어. 민망하지만 일을 보는 수밖에.”

화장실 쪽으로 고개를 돌렸지만 도저히 들어갈 용기가 생기지 않았다.

“얼마나 더 가야 하죠?”

“대여섯 시간은 걸려.”

어떻게 할까 한참 망설이던 나는 참기로 했다.

그래서 그냥 버스로 돌아왔다. 외삼촌은 남자 화장실에 들렀다가 곧바로 올라왔다. 그때부터 버스는 지옥이었다. 목이 말랐지만 물 한 모금 입에 대지 않았다. 시간이 정말 느리게 흘렀다. 미치는 줄 알았다. 버스가 또 다른 휴게소에 멈췄다. 나는 버스에서 내리지 않으려고 했다. 움직이면 더 힘들기 때문이다.

“여긴 괜찮을 거야.”

긴가민가했지만 외삼촌 말을 믿고 화장실로 갔다. 칸막이가 있었다. 내가 살면서 칸막이가 있는 화장실을 보고 그렇게 기뻐하는 날이 올 줄은 미처 몰랐다. 칸막이가 있는 화장실이 내겐 천국이었다. 칸막이 하나에 지옥과 천국이 갈렸다.

그 뒤로 두어 시간이 지난 뒤에 버스가 멈춰 섰다. 짐을 챙겨서 일어나 밖으로 나가는데 노랫소리가 들렸다. 노랫말을 알아듣지는 못했지만 처음 듣는 노래인데도 아주 오랜 옛날부터 들은 듯했다. 버스 앞에서 붉은 옷에 붉은 모자를 쓴 여자들이 나를 맞이했다.

"이곳이 내몽골 자치구 안에 있는 관광단지라서 몽골 전통 옷을 입고 우리를 맞이해 주시는 거야."

외삼촌이 내게 말다.

우리가 맨 처음 내렸는데 한 여자가 나에게 다가오더니 흰 천을 목에 걸어주었다. 그 여자는 외삼촌에게도 흰 천을 걸어주었다. 뒤에 선 다른 여자가 음료수를 외삼촌에게 건넸다. 외삼촌은 두 손을 가슴에 모으며 절을 하더니 음료수를 마셨다. 그 여자는 나에게도 그 음료수를 건네려고 했는데 외삼촌이 중국어로 뭐라고 말하자, 그 여자는 빙그레 웃으며 집게손가락으로 음료수를 묻히더니 내 양 볼에 찍어 주었다. 뭔지 몰랐지만 나를 맞이하는 얼굴이 맑고 깨끗해서 좋은 뜻으로 받아들였다.

"흰 천은 '하닥'이라고 해. 술은 마유주인데 말 젖을 짜서 담근 술이야. 어른은 마셔도 되지만 너는 아직 어리니까 볼에 발라 주었어. 몽골 전통 손님맞이 법에서는 반갑고 귀한 손님이 오면 하닥을 걸어주고 마유주를 건네. 그러니까 우린 아주 반갑고 귀한 손님이야."

몽골 전통 손님맞이 법은 낯설지만 재미있었다. 무엇보다 티끌 하나 없는 맑은 얼굴빛이 켜켜이 쌓인 마음 때를 씻어주었다. 나를 반갑고 귀하게 여기는 그 마음이 있는 그대로 다가왔다.

기분은 더할 나위 없이 좋았지만 몸은 그렇지 않았다. 여덟 시간이나 버스를 타고 온 탓이었다. 내가 힘들어하자 외삼촌은 곧바로 나를 이끌고 몽골식 집인 '게르'로 갔다. 천막으로 지어진 게르 수십 채가 쭉 늘어져 있었다. 몸도 힘든데 천막에서 자야 한다고 생각하니 끔찍했다. 그러나 게르 안으로 들어가 보고 곧바로 내 걱정이 잘못됐음을 알았다. 겉은 게르였지만 속은 그냥 호텔이나 다름없었다. 생각보다 깔끔했고 씻는 곳도 있었다. 얼른 들어가 씻고 지친 몸을 침대에 누였고, 곧바로 잠이 들었다. 한참 자다가 외삼촌이 깨워서 일어났다.

"저녁 먹어야지."

그 말을 듣고 나니 배가 고팠다.

반소매 옷을 입고 나가려는데 외삼촌이 손을 저었다.

"긴 소매 옷은 없니?"

"네. 없어요."

"엄마가 긴 소매 옷을 챙기라고 하지 않던?"

"그렇게 말씀하시긴 했는데…, 짐을 많이 챙기기 싫어서, 그냥 반소매 옷만 챙겼어요."

외삼촌 얼굴에 잠깐 안타까움이 지나갔지만 곧바로 웃음을 되찾았다.

외삼촌은 긴 소매 옷 한 벌을 꺼내서 내게 주었다. 그러나 나는 입지는 않고 팔에 걸치고 나갔다. 게르 밖으로 나오자마자 나는 긴 소매 옷을 바로 입었다. 긴 소매를 입지 않으면 맨살이 떨릴 만큼 기운이 차가웠다. 낮에는 반소매를 입고도 더웠는데 밤이 되니

긴 소매를 입어도 찬 기운을 막기 어려웠다. 더 두꺼운 옷을 입고 싶었지만 나름 7월에 맛보는 추위도 남다르다 싶어서 그냥 견뎠다.

저녁밥으로 양고기와 치즈, 채소볶음을 먹었다. 기름기가 많아 느끼했지만 생각보다는 입에 맞았고, 먹을 만했다. 저녁을 먹고 게르로 돌아오는데 외삼촌이 손으로 밤하늘을 가리켰다. 외삼촌 손끝을 따라 밤하늘을 봤다.

"정말~ 아름답지 않니?"

맞다. 아름다웠다. '아름다움'은 이럴 때 쓰라고 만든 낱말이었다. 별이 땅으로 쏟아져 내릴 듯했다. 밤하늘이 별로 가득했다. 하늘에 이렇게 별이 많은 줄은 처음 알았다. 아주 많은 사람을 가리키며 '별처럼 많다'는 글을 책에서 읽고 '하늘에는 별도 얼마 없는데 왜 이런 얼토당토않은 말을 쓸까?' 하며 갸우뚱한 적이 있었는데, 몽골 하늘을 보니 '별'과 '많다'는 말이 왜 한 묶음이 되었는지 알만했다.

"옛사람들은 별이 가득한 하늘을 보고 많은 이야기들을 만들었어. 별을 보며 우리가 사는 세상과 다른 그 무엇을 떠올렸겠지. 저 별들 사이로 신들이 돌아다니고, 영웅이 반짝거리며, 넋들이 나들이를 다녀. 저 별을 봐! 초원에서 별을 보지 않고 사는 사람은 없어. 별을 보며 초원에 사는 사람들은 꿈을 꾸고, 신을 그리고, 죽음 뒤를 떠올리지. 끝없이 깊은 어둠에 자리를 잡고 흔들림 없이 빛나는 별들이야말로 초원 사람들 넋을 이루는 밑바탕이야."

멋진 밤하늘이었다. 아름답다는 말로도 다 담기 힘든 밤하늘이었다. 그러나 외삼촌 말을 다 알아듣기는 어려웠다. 외삼촌이 왜 저렇게 들뜨는지 헤아리기 어려웠다. 외삼촌과 초원에 앉아 한참 동안 밤하늘을 올려다봤다. 외삼촌에게 이런 저런 이야기를 물어보고 싶었지만 외삼촌은 말을 막았다.

"말을 아끼고 하늘을 봐. 다시는 보지 못할 하늘이야. 이곳에서도 이렇게까지 별이 가득한 맑은 하늘은 흔치 않아. 그러니 마음껏 담아 두렴. 아마 오래도록 잊히지 않을 거야."

그때는 외삼촌 말이 뭔지 몰랐다. 시간이 흐른 뒤, 그때 외삼촌과 함께 올려다 본 밤하늘이 잊히지 않고 늘 뚜렷하게 떠오른다. 사람이 만든 빛은 시간과 함께 기억 속에서 흐릿해졌지만 하늘이 빚어낸 빛은 아주 오래도록 흐려지지 않았다. 아니 더 또렷해졌다. 왜냐하면 내가 사는 밤하늘에는 별빛은 없고 땅에만 빛이 가득하기 때문이다. 땅에 가득한 빛을 볼 때마다 초원 하늘에 가득하던 별빛이 어젯밤에 본 듯 뚜렷하게 떠올랐다.

가만히 앉아서 하늘을 보던 외삼촌은 뒤로 벌러덩 누웠다. 나도 외삼촌 옆에 따라 누웠다.

"옛날, 까마득한 옛날, 하늘 신끼리 서로 다투다 싸움이 일어났어."

외삼촌 이야기가 별빛 사이로 흘렀다.

"서쪽 하늘을 다스리는 신과 동쪽 하늘을 다스리는 신이 벌인 싸움이었는데, 동쪽 하늘을 다스리는 신이 졌고, 그 몸이 갈기갈기 찢겨져 땅으로 떨어졌단다. 그 뒤로 땅위에는 온갖 나쁜 일들이 벌어지지. 전쟁, 질병, 가뭄, 홍수 등이 끊이지 않고 일어나니 사람들이 제대로 살 수가 있었겠니? 사람들은 더는 견디지 못하고 하늘 신께 악을 물리쳐 달라고 빌었고, 하늘신은 불쌍한 사람들을 구하고자 둘째 아들을 땅으로 내려 보내는데, 그 이름이 '게세르'야."

하늘에 계신 신이 제 아들을 땅으로 보내 사람을 구한다는 이야기는 어디서 많이 들어봤다. 내가 아는 어떤 이야기랑 아주 비슷했다.

"외삼촌, 그 이야기 단군신화와 비슷하지 않나요? 불쌍한 사람들을 구하려고 환인이 환웅을 보냈다는 이야기요."

"비슷하긴 해. 그래서 몽골과 우리가 같은 뿌리에서 갈라져 나왔다고 여기는 사람들이 많아. 아무튼 게세르는 태어나자마자 괴물과 악령을 물리치지. 점차 힘을 키워 나간 게세르는 믿었던 이들에게 배신도 당하고, 마법에 걸려 죽을 고비를 맞기도 하지만 수많은 모험을 겪은 끝에 땅 위에 퍼진 악을 모두 물리치고 사람들이 살기 좋은 나라를 세우지. 게세르가 펼치는 모험과 시련을 다룬 이야기가 정말 흥미진진하고 신비로워서 게세르 신화를 중앙아시아의 '일리아드'로 부르기도 해."

게세르도 낯설지만 일리아드란 말도 낯설었다. 게세르를 일리아드에 빗대는 걸 보면 일리아드가 꽤나 널리 알려진 이야기인 듯한데 나는 들어본 적이 없다. 이렇게 널리 알려진 지식인데 내가 모르면 나는 그냥 아는 척하고 넘어간다. 남들 다 아는 지식을 내가 모르면 나를 깔볼까봐 걱정되기 때문이다. 그러나 외삼촌에겐 그런 걱정이 들지 않았다.

"일리아드가 뭐죠?"

곧바로 물었다.

"트로이전쟁을 담은 책을 일리아드라고 불러. 아킬레스, 헥토르, 파리스, 오디세우스 등이 나오지. 트로이목마, 아킬레스건은 일리아드에서 나온 말이야. 그리스 로마 신화에서 가장 널리 알려진 이야기지. 아마 너도 어릴 때 읽었을 텐데?"

외삼촌 말을 듣고 나니 어릴 때 읽었던 만화책이 생각났다.

"바이칼 호수 쪽에 자리한 부리야트란 곳에 가면 게세르 동상도 있어. 서양인들이 아킬레스와 오디세우스를 신화 속 인물이 아니라 거의 진짜 역사 속 인물이라 믿듯이, 중앙아시아에서는 게세르를 신화가 아니라 진짜 인물이라고 믿는 사람들이 꽤 있어. 게세르 신화를 다룬 책도 있으니까 한 번 읽어 봐. 꽤 재미있어."

나는 신화를 진짜라고 믿지 않는다.

"악마와 괴물이 진짜 있었을 리 없잖아요."

찬 기운 때문인지 몰라도 말투가 나도 모르게 차가워졌다.

"신화는 이야기야. 게세르 신화는 사람들을 위해 큰일을 한 사람을 높이 떠받들려고 만든 이야기지. 옛사람들은 영웅을 더 거룩하게 만들려고 조금 꾸며서 이야기를 더 멋지게 만들었어. 그렇다고 그때 영웅이 아예 없던 사람이라고 말해서는 안 돼. 물론 꾸며낸 이야기일지도 모르지만 말이야. 신화는 이야기이기도 하지만 때로는 역사이기도 하니까."

외삼촌 말이 그럴 듯하게 들렸다.

"단군도 진짜 있었던 일을 밑돌 삼아 신화로 만든 이야기라고 학교 선생님이 말씀하셨어요."

"맞아. 어떤 이들은 단군을 가짜라고 하고, 어떤 이들은 단군을 진짜라고 하지. 무엇이 맞는지는 딱 잘라서 말할 수 없겠지만, 나는 진짜라고 믿고 싶어."

갑자기 꼬투리를 잡고 싶었다. 내가 무슨 믿음이 있거나 역사에 대해 잘 알기 때문은 아니었다. 그냥 학교가 가르치는 모든 지식을 곧이곧대로 받아들이기 싫은 내 삐뚤어진 됨됨이 때문이었다.

"그런 황당한 이야기가 진짜라고 볼 수는 없잖아요. 다 지어낸 이야기 아니에요?"

나는 일부러 삐딱한 말투를 골랐다. 외삼촌이 무슨 근거를 대더라도 트집을 잡기로 마음먹었다. 왜 그렇게 삐딱한 마음이 일었는지 모르지만 그러고 싶었다.

"멋지잖아."

무슨 말인지 알아차리지 못했다.

"신화가 허무맹랑한 가짜고, 신화 속 영웅이 이 땅에 태어난 적도 없는 사람이라면, 우리는 그만큼 멋스러움을 잃어버리잖아. 나는 멋진 이야기는 그게 무엇이든 진짜라고 믿어. 멋스러움이야말로 사는 맛이지. 멋과 맛, 점 하나만 달라서 그런지 잘 어울리지 않니?"

말문이 탁 막혔다. 트집을 잡으려던 삐딱함도 확 꺾이고 말았다. 외삼촌은 내가 이제까지 만났던 그렇고 그런 어른이 아니었다. 외삼촌이 멋져 보였다. 그 멋스러움이 맛깔난 음식처럼 달콤했다.

다음 날은 사막을 몸으로 겪었다. 게르를 나선 뒤에 버스를 타고 움직였다. 또다시 몇 시간을 타야 하는 줄 알고 걱정했는데 금방 멈춰서 가슴을 쓸어 내렸다. 날씨는 더웠지만 긴 소매를 입으라고 해서 그대로 따랐다. 아마 엄마가 그러라고 했으면 끝까지 반소매를 고집했을지도 모른다. 삼촌은 마스크를 챙겨주더니, 신발을 분홍색 천으로 감싸고는 붉은 끈으로 꽁꽁 묶었다.

"모래 때문이니까 답답하더라도 참아."

건물 안으로 들어가니 스키장과 똑같은 리프트가 있었다.

"높은 곳에서 사막을 바라보라고 만든 리프트야. 리프트를 타고 사막으로 들어갈 거야."

리프트에 삼촌이랑 나란히 앉았다. 리프트는 느리게 사막 쪽으로 움직였다. 정말 느렸다. 리프트에서 본 사막은 아름다웠다. 그냥 모래만 있는 사막은 아니었다. 곳곳에 작은 나무와 풀이 자리했고, 사람들이 심어 놓은 제법 큰 나무도 보였다. 모래 언덕이 끝없이 펼쳐진 풍경을 넋을 놓고 보았다. 아름답긴 했지만 내리쬐는 뙤약볕을 온 몸으로 받으며 느릿한 리프트에 앉아서 견디기가 만만치는 않았다. 걸음보다 느린 리프트를 타고 가만히 햇볕에 몸을 내맡기니 숨이 막혔다. 외삼촌이 물을 챙겨주어서 조금 나았지만 괴로움이 가라앉지는 않았다.

아래를 보니 도마뱀 한 마리가 기어가는 모습이 보였다.

"외삼촌, 저 도마뱀이 저희보다 빨라요. 차라리 도마뱀이랑 같이 걸어 갈 걸 그랬어요."

내 손끝이 가리키는 도마뱀을 찾아낸 외삼촌은 뭐가 그리 웃긴지 한참을 깔깔거렸다.

"이대로 가면 몸이 산 채로 익어버리겠어요."

"30분만 더 참아. 사막을 알려면 이런 괴로움도 맛 봐야지."

외삼촌이 물을 또 건넸다.

"난 싫은데."

"싫지. 그래도 살다 보면 싫어도 어쩔 수 없이 견뎌야 하는 일이 꽤 많아."

나는 싫은 일은 싫다. 나는 좋아하는 일을 하고 싶다. 좋아하는 일만 하고 살아도 삶은 짧다. 왜 기쁘지도 않는 일을 하며 살아야 한단 말인가? 외삼촌도 어쩔 수 없는 어른이었다.

"우리 둘레에는 생명이 많아서 자연스럽게 여기지만 우주로 놓고 보면 생명은 아주 드물고 남달라. 가만히 두면 모든 물질은 무질서하게 바뀌지만, 생명은 끊임없이 질서를 만들지. 생명력이란, 질서를 지키고 질서를 만들려는 힘이야. 우주 법칙을 거스르는 힘이 바로 생명력이야. 힘겨움을 이겨냈기에 생명이 아름다운 게 아니겠니? 있는 그대로 두어도 태어나고 자라난다면 생명이란 물질과 다를 바가 없어. 힘겨움을 이겨내기에 아름다워. 그러니 괴로움을 맛보고, 괴로움을 견딜 줄 알아야 해. 그래야 생명이고, 사는 맛이야."

외삼촌 말이 틀리다고 생각하진 않았다. 그렇지만 곧이곧대로 받아들이기는 싫었다. 무엇보다 외삼촌 삶이 외삼촌 말과 어긋나 보였다. 외삼촌은 남들이 가는 길을 가지 않았다. 스스로 좋아하는 일을 찾아 떠났다. 하기 싫은 일을 하지 않고 조카인 나에게 하기 싫은 일을 하라고 말하다니, 앞뒤가 안 맞았다.

"외삼촌은 그렇게 살지 않았잖아요. 지금도 마찬가지고. 외삼촌은 하고 싶은 일 하며 삶을 즐기잖아요."

"그렇게 보이니?"

"네!"

"네가 이떻게 받아들일지 모르지만, 나는 하기 싫은 일을 하고 싶지 않아서 대학을 거부하고 세상을 떠돈 게 아니야."

"그럼 뭐죠?"

외삼촌은 잠시 우리보다 빨리 가는 도마뱀에 눈길을 두었다. 나도 도마뱀을 다시 보았다.

"뻔한 삶은 재미없거든."

"그러니까요. 재미를 찾아 대학을 거부하고 여행을 선택하셨잖아요."

"아니, 재미를 찾아서 대학을 거부한 게 아니야."

"그럼 뭐죠?"

외삼촌을 빤히 바라봤다.

"나는 고생을 하고 싶었어."

"네?"

고생이란 낱말이 이해가 되지 않았다.

"친구들을 보는데 다들 편한 길만 가려고 했어. 다들 고생을 싫어했지. 이름이 널리 알려진 대학, 돈 많이 주는 직장에 들어가 고생 없이 살려고 했어. 죽어라 공부하는 이유는 오직 하나, 고생하지 않는 삶이라니……! 왜 고생을 하면 안 되고, 왜 편한 삶을 살아야 하지? 편하게 살면 삶이 기쁨으로 가득할까?"

이런 물음은 누구에게도 들어 본 적이 없다. 내 스스로도 해 본 적이 없다. 나는 그저 시험만 목적으로 한 공부가 싫다고만 투덜거렸을 뿐이다.

"나는 그 물음에 '예'라고 대답할 수 없었어."

외삼촌이 물을 벌컥 들이켰다.

"너희 엄마한테 들었는지 모르겠지만, 자랑하고 싶은 마음은 하나도 없지만, 삼촌은 수능 시험에서 하나 틀렸어. 그 점수면 어디든 갈 수 있었지. 그런데 그러기 싫었어. 내가 이대로 지내면 나도 뻔하게 살면서, 편하게 살려고만 하겠구나 싶었지. 그런 삶은 재미가 없어. 고생이 없으면 재미도 없지. 늘 뻔한 삶이 어떻게 즐겁겠니?"

"가족들이나 선생님들이 뭐라고 안 했어요?"

"왜 안 했겠니? 그래서 외국으로 도망쳤지."

도마뱀이 사라지고 없었다.

"고생을 피하려고만 하지 마. 고생도 해봐야 해. 계곡을 가 봐야 산이 높은 줄 알지. 힘겨움을 피하려고만 하면 그냥 고통스럽기만 해."

"피할 수 없으면 즐겨라! 아빠가 지겹게 하는 말씀이세요."

도대체 어떻게 피할 수 없는데 즐기란 말인가? 고통은 그저 고통일 뿐이다. 즐길 수가 없다. 하루 내내 왜 배워야 하는지도 모를 공부를 붙잡고 씨름하는 삶, 어떻게 그런 삶을 즐길 수 있단 말인가? 어른들은 과연 그런 삶을 즐길 수 있을까? 시험이 끝나면 또 다른 시험이 찾아오는, 끝없이 시험에 시달려야 하는 삶을 행복하게 보낼 수 있을까?

"고통은 즐길 수 없어."

외삼촌이 단호히 말했다.

"제 말이 그 말이에요."

"고통은 견뎌야 해."

또다시 생각지도 못한 말이었다. 고통을 견디라니, 즐기지 말고 그냥 견디라니, 외삼촌은 또다시 내 틀을 깨버렸다.

"고통을 피할 수 없으면 꿋꿋하게 견디는 수밖에 없어. 피할 수 없는데, 괴롭다고 피하고 싶다고 울부짖으면 더 힘들어. 참지 못함이 더 큰 불행으로 이어지고 삶을 벼랑 끝으로 내몰지."

견디라는 말, 무척 무거웠다.

"내가 오랫동안 여행을 다니며 옛날보다 딱 하나 나아졌어. 바로 견디는 힘! 리프트 위에서 맞이하는 저 강렬한 햇살, 견뎌 봐. 이보다 더한 괴로움을 겪으면서도 묵묵히 견디며 삶을 꾸려가는 사람들이 세상에는 헤아릴 수 없이 많아. 그들과 네 삶을 견주며 스스로를 위로하라는 말이 아니야. 사람은 생각보다 엄청 잘 견디니, 그 힘을 키우란 뜻이야. 견디는 힘이 있기에 생명은 거룩해. 무생물은 견디지 않아. 그저 제가 타고난 물리 법칙에 따를 뿐이지."

리프트는 정말, 꾸준히, 느렸다. 바람 한 점도 없이 뙤약볕 아래서 햇살을 온 몸으로 받으며, 익어가는 기분은 썩 달갑지 않았다. 리프트에서 뛰어 내려 걸어가고 싶었다. 그러나 리프트에서 뛰어 내릴 수는 없었다. 어떻게 해 볼 길이 없었다. 외삼촌 말이 맞았다. 꿋꿋하게 견디든지, 불평을 하며 더 불행해지든지 둘 중 하나를 골라야 했다. 꾹 참고 아무 소리 안 하고 견뎠다. 뜨거움을 그냥 그대로 받아들였다. 몸이 서서히 익어가는 끔찍함도 그냥 그대로 내버려 두었다. 내 몸을 온전히 더위에 내맡겼다. 그러자 뜻밖에도 그리 힘들지 않았다. 견딜만했다.

“모든 신화 속 영웅들은 시련을 맞이해. 아무런 걸림돌도 만나지 않고 거룩한 일을 해 낸 영웅은 없어. 영웅은 시련을 견디고, 때론 꺾이고, 마침내 이겨내. 그래서 영웅이지. 그냥 큰일을 해내서 영웅이 아니야. 그런 점에서 신화는 삶을 거룩하게 만드는 길을 우리에게 알려줘. 시련이 적게 찾아오는 사람은 큰일을 할 수 없어. 어쩌면 시련이 크면 클수록 우린 더 거룩한 사람이 될 기회를 얻게 되는지도 몰라. 그 시련을 이겨내지 못해서, 아니 견뎌내지 못해서 그렇고 그런 삶을 살다 가는지도 모르지.”

삼촌 말이 사막을 달구는 햇볕보다 뜨겁게 내 마음에 콕콕 와서 박혔다.

리프트에서 내리자마자 낙타를 타러 갔다. 무릎을 꿇고 앉은 낙타 등에 올랐탔다. 처음에는 무서웠지만 낙타 등에 난 혹이 부드러워서 마음도 부드러워졌다. 내가 탄 낙타는 흰빛이 많았다. 다른 낙타는 거의 다 누런빛이었다. 내가 남달라진 듯해서 우쭐한 기분이 들었다. 처음에는 다른 사람이 낙타 줄을 잡아주었지만,

곧 내가 낙타 줄을 붙잡았다. 낙타는 한 줄로 서서 작은 나무가 듬성듬성 난 사막을 느리게 걸었다. 외삼촌은 내 바로 뒤를 따라왔다. 낙타를 타고 가니 사막을 건너던 옛사람이 된 듯했다.

낙타에서 내린 후에는 바퀴가 넷 달린 오토바이를 탔다. 다른 관광객들은 몽골 사람이 모는 오토바이를 탔지만, 나는 외삼촌이 모는 오토바이를 탔다. 외삼촌은 몽골 사람과 몇 마디 나누더니 돈을 더 주고는 운전석에 앉았다. 나는 외삼촌 허리를 붙잡고 뒤에 앉았다. 처음에는 오토바이를 느리게 몰더니 점점 빠르게 몰았다. 몽골 사람들이 모는 오토바이보다 빨랐다. 모래 언덕을 휘감아 돌기도 하고, 골짜기를 내달리기도 하고, 언덕을 빠른 속도로 몰아서 공중으로 붕~ 뜨기도 했다. 여기서 떨어지면 죽겠다 싶어서 외삼촌 허리를 바짝 껴안았다. 떨어지지 않으려고 온 힘을 쥐어 짜냈더니 나중에 팔에 힘이 들어가지 않았다. 그 다음은 모래 언덕에서 모래썰매를 탔다. 높은 모래 언덕에서 썰매를 타고 앉아서 내려오는데 눈썰매와 다른 재미가 있었다. 다만 모래썰매를 타고 난 뒤에 몸 구석구석으로 모래가 들어와 겪는 괴로움을 견뎌야 했다.

그렇게 오전 내내 사막에서 놀았다. 솔직히 말하면 놀았다기보다 그냥 견뎠다. 시원한 게르 안이 참말로 그리웠다. 그래도 외삼촌 말 때문에 버텼다. 싫은 소리 한마디 하지 않았다. 얼굴 한 번 찡그리지 않았다. 바람이 심하게 불어 모래바람이 잠깐 몰아쳤는데 그때도 마스크를 눈까지 쓰고는 그냥 꾹 참았다.

오후에는 박물관 구경을 했다. 몽골 전통 문화도 구경할 만했지만, 가장 기억에 남는 모습은 엄청나게 큰 공룡 뼈였다. 공룡 뼈가 온전한 모습으로 모래 위에 서 있는데, 살과 피가 붙으면 곧바로 살아날 듯했다. 가짜 뼈가 아니라 진짜 뼈라니, 수천만 년 전에 살았던 공룡이 내 눈앞에 그대로 살아 숨 쉬는 느낌마저 들었다.

저녁식사로 향신료가 가득한 기름진 고기를 다시 먹으려니 힘들었다. 하루 내내 고기만 먹다 보니 질렸다. 제대로 먹지 못하고 게르에 왔는데 외삼촌이 가방에서 컵라면과 봉지김치를 꺼냈다. 어찌나 기쁘든지, 하마터면 외삼촌을 꽉 껴안을 뻔했다. 라면을 맛있게 먹고 그날도 별을 한가득 눈에 담은 뒤에 잠이 들었다.

다음 날, 외삼촌은 사륜구동 자동차를 빌리더니 나를 옆에 태웠다. 어디로 간다는 말도 없었다. 외삼촌은 사막을 가로 지르며 뻗은 길로 차를 몰았다. 지나다니는 차가 거의 없는 길이었다. 끝없이 펼쳐지는 길을 지루하게 달렸다.

"외삼촌, 저 뒤에 차, 계속 우리를 따라와요."

"같은 방향이겠지."

"아니에요. 지루해서 계속 뒤를 살폈는데 우리가 느리게 가면 느리게 가고, 우리가 빠르게 가면 빨리 몰아요. 우리보다 빨리 갈 수 있는데도 앞서서 가지 않았어요. 아무래도 우리를 따라오는 것

같아요."

나는 뒤쪽 차를 힐끗힐끗 쳐다봤다. 노란색 사륜구동 차가 우리와 같은 빠르기로 움직이는 모습이 보였다.

"괜한 걱정 말고. 정말 쫓아온다면 곧 알아차리게 되겠지."

"그나저나 우린 어디 가요?"

"말해주고 싶지만 말해주기도 힘들고, 말해 줘도 알아듣기 힘들어. 그냥 가면 알아."

한참을 달리자 풍경이 사막에서 초원으로 바뀌었다. 차는 아스팔트 길에서 벗어나 비포장 길을 달렸다. 우리를 뒤쫓던 차는 더는 우리를 따라오지 않았다. 내가 잘못 본 것 같았다. 초원을 조금 달리자 산이 나타났다. 산은 산인데 큰 나무는 거의 없었다. 풀과 작은 나무만 가득한 산이었다. 산 위에 수백 마리 양떼가 있었다. 외삼촌은 양떼 쪽으로 차를 몰았다.

초원을 달리던 차는 산 밑에 있는 게르 앞에 멈췄다. 삼촌이 내리자 게르에서 몇 몇 사람이 나왔다. 그들은 관광지에서 만난 몽골사람과는 달랐다. 얼굴이 거칠었고 주름도 깊었다. 손도 매우 억셌다. 외삼촌은 내가 알아듣지도 못하는 말로 몇 마디 나누더니, 나를 기다리게 하고는 외삼촌 혼자 게르로 들어갔다. 밖에서 멀뚱멀뚱 기다리는데 아주머니 한 분이 작은 가지를 모아서 불을 피웠다. 그러더니 큰 무더기 같은 곳에서 거무튀튀한 것을 맨손으로 뜯어내서 불 위에 놓았다. 불이 꽤나 세게 피어올랐다. 불 위에 우유를 올려놓더니 살짝 데워서 내게 건넸다. 어떻게 할까 망설이다가 우유를 받아들고 마셨다. 비릿할 줄 알았는데 뜻밖에도 아주 고소했다. 가게에서 사 먹는 우유와는 전혀 다른 맛이었다. 맛이 깊었다.

우유를 먹고 가만히 둘레를 살폈다. 수백 마리 양떼가 몰려 있는 산 쪽에 사람이 어른거렸다. 듬성듬성 난 나무 뒤로 높은 바위산이 보였는데, 그 위에 검은 빛이 흔들리더니 하늘로 치솟았다. 처음에는 그것이 뭔지 몰랐는데 자세히 보니 독수리였다. 엄청난 크기였다. 무서워서 나도 모르게 뒤로 물러나다가 수북하게 쌓인 거무튀튀한 작은 언덕에 부딪쳤다. 아까 불을 피울 때 쓰던 것이었다. 손으로 만져보니 딱딱했다. 손에 힘을 주니 뜯기고 부러졌다. 뭔지 몰라 가만히 손에 놓고 살폈다. 그때 외삼촌이 나왔다.

"너 그거 만져도 괜찮니?"

외삼촌 목소리에 장난기가 가득했다.

"괜찮아요. 이걸로 불을 피우던데, 이게 뭔지 모르겠어요."

"알면 놀랄 걸?"

"뭔데요?"

"똥!"

"네?"

"똥을 말려서 쌓아 둔거야. 여기선 말린 똥을 땔감으로 써."

나는 화들짝 놀라 똥 무더기에서 얼른 손을 뗐다.

그러다 내 손을 다시 살폈다. 뜻밖에도 의외로 손이 더럽지 않았다. 아니 오히려 깨끗했다. 흙을 만졌을 때보다 깨끗한 느낌이었다. 냄새도 전혀 나지 않았다. 똥이 이렇게 깨끗했나?

"몽골에서 똥은 아주 귀한 자원이야. 풀을 자라게 하고, 땔감으로도 쓰지. 똥이 없으면 몽골 사람들은 살 수가 없어."

그렇게 말하고 외삼촌은 몽골 사람 한 명과 함께 차에 올랐다. 나는 똥을 만진 오른손을 잠깐 본 뒤에 그냥 그대로 차에 올랐다.

외삼촌은 산을 끼고 한 시간쯤 차를 몰았다. 외삼촌 옆에 앉은 몽골 사람이 연신 갈 길을 알려주었다. 차는 깎아지른 절벽 아래에 멈췄다. 절벽을 끼고 조금 걸어가자 오래된 건물이 보였다. 건물은 낡았지만 아주 튼튼해보였다. 건물 안으로 들어가자 마치 절에 온 듯한 느낌이 들었다. 절은 아니었다. 절이라면 마땅히 있어야 할 부처님상이 없었다. 부처님상이 있어야 할 곳에 우아한 얼굴을 한 여인이 자리하고 있었다.

수염이 아주 길게 난 할아버지가 외삼촌을 맞이했다. 외삼촌은 깊이 고개를 숙여 절을 하더니 수염 할아버지를 따라 외딴 방으로 들어갔다. 같이 온 몽골 사람도 외딴 방으로 들어갔다. 나는 혼자 사당 안에 남아 이곳저곳을 살폈다.

여인상은 황금색 옷에 붉은 무늬가 곳곳에 들어간 옷을 입었고, 머리는 화려한 장식으로 틀어 올렸으며, 두 손은 가운데로 모은 채 접은 부채를 들고 있었다. 얼굴과 손만 아니라면 진짜 사람인 줄 착각할 만큼 옷을 잘 갖춰 입었다. 여인상 오른쪽에는 분홍색 옷을 입은 여인상이 작은 상자를 들고 섰으며, 왼쪽에는 푸른색 옷을 입은 여인상이 칼을 들고 섰다. 오래된 동양화가 벽을 모두 채웠는데, 숲 속에서 붉은 옷을 입은 여인을 가운데 두고 수많은 여인들이 모여 있는 그림, 거대한 새를 타고 구름 위를 나는 여인 그림, 멋진 정자를 뒤로 하고 한 여인이 우아하게 서 있는 그림 등이 있었다. 부처님 자리에 앉은 여인과 그림 속에 있는 여인은 아무래도 같은 사람처럼 보였다. 이곳은 저 여인을 모시는 사당인 듯했다. 도대체 저 여인은 누굴까? 저런 여인을 모시는 종교도 있나?

이런저런 생각을 골똘히 하는데 외삼촌과 수염 할아버지가 나왔다. 그리고 두 사람은 손을 꼭 잡고 힘껏 껴안은 뒤에 작별을 했다. 나는 외삼촌을 따라 차를 탔고, 다시 게르로 와서 늦은 점심을 먹었다. 완전 몽골식 식사였는데 꽤나 입에 맞았다. 고기는 담백했고, 치즈와 요구르트는 이때까지 한 번도 맛본 적 없는 깊은 맛을 느끼게 해주었다. 관광지에서 먹던 몽골음식과 겉은 비슷했지만 맛은 아주 달랐다.

생각보다 잘 먹는 나를 보며 외삼촌이 껄껄 웃었다. 외삼촌은 몽골 사람들과 즐겁게 말을 나눴는데, 나는 한마디도 알아들을 수 없었다. 뜻을 알아차릴 수 없었지만 말투는 굉장히 익숙했다. 마치 우리나라 어디 사투리를 듣는 듯했다. 몽골과 우리 민족이 같은 뿌리일지도 모른다는 말이 떠올랐다.

맛있게 점심을 먹고 다시 차를 탔다.

"도대체 그 사당에서는 무슨 얘기를 나누신 거예요?"

"말해주고 싶지만, 아직은 안 돼. 나중에 때가 되면 말해줄게. 그때까지는 참아. 그럴 수 있지?"

나는 포기가 빠르다. 굳이 말해주기 싫다는데 캐고 싶지 않았다. 나중에 말해준다고 했으므로 시간이 지나면 어차피 들을 얘기니 조르지 않기로 했다.

"때가 되면 알려주세요. 그래도 그 사당에 있는 여인이 누군지는 말해줄 수 있죠?"

"그곳은 서왕모를 모시는 사당이야."

서왕모라니, 처음 듣는 이름이었다.

"서왕모가 누구죠?"

삼촌은 서왕모 이야기를 들려주었다.

03

# 중국_구원의 어머니 서왕모와 반도원 복숭아

서왕모(西王母)는 중국 서쪽 끝에 자리한, 신선들이 머문다는 곤륜산에 사는 여신이다. 곤륜산은 쿤룬(곤륜) 산맥을 가리키며 중국 서쪽에 있는 타클라마칸 사막과 고비 사막 아래쪽에 자리한다. 쿤룬 산맥 아래로는 파미르 고원이 있고, 파미르 고원 남쪽에는 세계에서 가장 높은 산들이 모인 히말라야가 있다.

서쪽은 해가 지는 곳이다. 해가 지면 어둠이 찾아오기에 서쪽은 죽음, 재앙, 처벌을 뜻한다. 그에 반해 동쪽은 해가 떠오르는 곳이기에 생명이 태어나고 축복이 일어나는 땅이다. 서왕모(西王母)는 말 그대로 서쪽(西)에 사는 왕(王) 어머니(母)라는 뜻이며, 죽음을 다스린다. 서왕모는 죽음을 다스리기에 죽음을 이겨내는 힘도 지닌다.

서왕모가 사는 곳에는 복숭아를 키우는 반도원이 있는데, 반도원에서 자라는 복숭아는 모두 3600그루다. 맨 앞에서 자라는 1200그루는 3000년마다 열리는데 한 번 먹으면 신선이 되고, 가운데서 자라는 1200그루는 6000년마다 열리는데 한 번 먹으면 늙지 않고 오래 살며, 가장 안쪽에서 자라는 1200그루는 9000년마다 열리는데 한 번 먹으면 해와 달과 같은 목숨을 누린다. 이렇게 귀한 반도원 복숭아다 보니 누구나 그 복숭아를 탐냈다.

그러나 반도원 복숭아는 아무 때, 아무나 먹을 수 없었다. 서왕모가 복숭아를 먹는 잔치를 여는 때만 먹을 수 있는데, 그때 초대받는 이는 큰 영광이었다. 신선이 아니면서도 반도원 복숭아를 먹은 이는 셋인데, 서유기에 나오는 손오공, 활을 잘 쏘는 예와 결혼한 항아, 그리고 삼천갑자 동방삭이다. 서유기에 나오는 손오공은 하늘 임금인 옥황상제 명령을 받아 반도원을 잠깐 관리했는데 몰래 반도원 사과를 먹어치우고 말았다. 이 때문에 미움을 받게 된 손오공은 하늘나라와 큰 싸움을 벌였고, 부처님 힘에 눌려 갇히게 된다.

항아는 영웅 '예'와 결혼한 여자였다. 예가 살던 때 하늘에 해가 열 개나 떠서 사람들은 몹시 괴로웠다. 그때 예가 활을 쏘아 아홉 해를 떨어뜨리고, 단 하나만 남겨 놓았다. 이는 세상 사람들에게는 큰 도움이 되는 일이었으나, 아홉 해를 자식으로 두었던 신에게는 크나큰 슬픔이었다. 신은 자식들을 죽인 예를 미워했고,

그 미움 때문에 예는 다시는 하늘나라로 돌아갈 수 없었다. 서왕모가 이를 안타까이 여겨 예에게 반도 복숭아를 주었으나, 아내인 항아가 몰래 복숭아를 훔쳐 먹고 달로 도망을 갔다. 그때부터 항아는 죽지 않고 살게 되었으나 못된 짓을 저질렀기에 달에서 홀로 외로이 지내야 했다.

동방삭은 서왕모를 모시고 반도원을 관리하던 이였는데 몰래 복숭아를 훔쳐 먹는 바람에 사람 사는 세상으로 쫓겨났다.

가장 널리 알려진 서왕모 이야기는 한무제와 얽힌 신화다. 한무제는 고조선을 무너뜨린 한나라 황제다. 한무제는 참마음으로 서왕모를 모셨으며, 서왕모를 만나려고 늘 기도하였다. 그러던 어느 날 아름다운 여인이 한무제 꿈에 나타났다.

"저는 서왕모를 모시는 선녀입니다. 황제께서 정성으로 서왕모를 모시고, 한결같이 신선이 되길 바라니 모월모시에 서왕모님께서 당신을 보러 오겠다고 하셨습니다. 그러니 그때까지 마음을 깨끗이 하고 참된 마음을 잃지 마십시오."

한무제가 놀랍고 반가워 머리를 조아리는데 구름이 일며 선녀가 사라졌다. 그때부터 한무제는 더 깊이 서왕모를 모시며 마음을 깨끗하게 하였다. 그러던 어느 날, 하늘이 열리며 푸른 기운이 쏟아져 내렸다. 서왕모는 수많은 선녀와 신선들을 거느리고 한무제가 머무는 궁궐로 찾아왔다. 한무제가 절을 올리자 한무제 몸이 두둥실 뜨더니 구름 위로 올라갔다. 구름 위에서 한무제는 그토록 만나고 싶던 서왕모를 만났고, 서왕모와 마주 앉아 이야기를 나눴으며, 반도원 복숭아 하나를 받아먹었다고 한다.

서왕모가 생명과 죽음을 다스렸기에 이렇게 서왕모와 얽힌 여러 이야기가 전해 온다. 다음은 그 가운데 하나다.

＊＊＊

미유와 현걸은 어릴 때부터 가깝게 지냈는데 차츰 서로 좋아하는 마음이 싹텄다. 결혼을 얼마 앞둔 어느 날, 현걸이 사냥을 나갔다가 멧돼지에 받쳐 크게 다쳤다. 친구들이 겨우 현걸을 구해서 데려왔는데 온몸이 만신창이였다. 제사장도 현걸을 보더니 고개를 저었다.

"끝났어. 죽음을 받아들일 준비를 해."

제사장이 죽는다고 하면 더는 구할 길이 없었지만, 미유는 그대로 현걸을 보낼 수 없었다. 모든 사람이 포기해도 미유만은 포기할 수 없었다.

"제사장님, 정말 구할 길이 없나요? 정말 이대로 보내야 하나요?"

미유는 제사장 앞에 무릎을 꿇고 눈물을 쏟으며 물었다.

처음에 제사장은 거듭 현걸을 구할 길이 없다고 말했다. 그러다가 미유가 참마음으로 현걸을 구할 길을 찾고자 했기에 마지막 길을 알려주었다.

"서쪽 나라 먼 곳 곤륜산 요지에 가면 서왕모님이 사신다네. 서왕모님은 삶과 죽음을 다스리니 어쩌면 현걸을 구해줄지도 몰라."

미유는 제사장 말을 듣고 벌떡 일어났다. 당장 떠날 기세였다.

"아주 튼튼한 남자도 가기 힘든 곳인데 여자 몸으로 거길 가기는 쉽지 않네. 곤륜산에 간다고 해도 서왕모님이 머무는 요지를 찾을 수 있을지 모르며, 찾는다 해도 서왕모님이 만나 줄지 알 수 없으며, 만난다 해도 현걸을 구해 줄지는 더더욱 모르네."

"길이 없다면 모르되 길이 있는데도 그대로 있다면 사람이 아니지요."

그 길로 미유는 곤륜산으로 떠났다. 험한 산을 넘고 사막을 건너고 깊은 계곡을 지나갔다. 무서운 짐승들이 미유 앞에 나타나기도 하고, 못된 이들이 미유를 노리기도 했지만 오직 현걸을 구하겠다는 마음 하나로 곤륜산까지 갔다.

힘겹게 곤륜산까지 온 뒤에 미유는 서왕모가 머문다는 요지를 찾아 헤맸지만, 요지는 보이지 않았다. 곤륜산 곳곳을 다 다녔지만 요지가 어딘지 알 수 없었다. 어찌할 바를 몰라 눈물을 흘리며 한없이 우는데 작은 파랑새 한 마리가 미유 앞에 나타났다. 파랑새는 미유 앞에서 겁도 없이 노닐었다.

"너도 길을 잃어 버렸니? 나도 어디로 가야 할지 길을 잃어버렸어. 우린 같은 처지구나."

미유는 손을 내밀어 파랑새 머리를 쓰다듬었다. 그때, 갑자기 파랑새 몸이 엄청나게 커졌다. 미유는 깜짝 놀라 뒤로 물러섰는데, 파랑새가 몸을 바짝 낮추었다.

"네 등에 타라는 뜻이니?"

파랑새가 머리를 끄덕였다.

미유는 망설이지 않고 파랑새 등에 올라탔다. 미유가 타자마자 파랑새는 하늘 높이 날아올랐다. 구름을 뚫고 날아가던 파랑새가 푸른빛이 감도는 곳으로 내려왔다. 그곳이 바로 서왕모가 머문다는 요지였다. 미유가 파랑새에서 내리자 파랑새는 다시 작은 새로 바뀌었다. 파랑새는 미유 앞에서 날며 미유를 이끌었다. 미유는 파랑새를 따라 걸어 올라갔다. 복숭아 꽃 내음이 짙게 풍겼다. 몸이 두둥실 뜨는 느낌이 들었다. 안개가 한 번 휘몰아치고 나더니 수없이 많은 선녀들이 늘어선 건물이 나타났다. 선녀들 한 가운데 우아한 기품을 자아내는 여인이 살며시 웃고 있었다. 미유는 한 눈에 그분이 서왕모임을 알아봤다.

미유는 서왕모 앞에 나아가 무릎을 꿇고 절을 올렸다.

"삶과 죽음을 다스리는 서왕모님, 제 남편 될 사람이 죽어갑니다. 제발 구해주십시오. 간절히 빕니다."

미유는 수없이 절을 하며 서왕모님께 빌고 또 빌었다.

"네가 곤륜산을 헤매고 다닐 때부터 네 이야기는 이미 알고 있었다."

서왕모가 따뜻하게 말했다.

"내가 현걸을 살리기는 어렵지 않다. 그러나 내가 현걸을 살리면 너는 이곳을 떠날 수 없다. 그래도 현걸을 살리겠느냐?"

미유는 망설이지 않았다.

"물론입니다. 현걸을 살려주신다면 죽을 때까지 서왕모님을 모시겠습니다."

"후회하지 않겠느냐?"

"제가 사랑하는 남자이옵니다. 그분이 건강하게 살아난다면 제 몸이 부서진다 해도 괜찮습니다."

서왕모는 빙그레 웃더니 미유 머리 위에서 날고 있던 파랑새에게 손짓을 했다. 파랑새는 서왕모 왼쪽 손등에 앉았다. 서왕모는 품에서 은은한 빛을 내뿜는 복숭아를 꺼냈다. 복숭아는 서왕모 손에서 작은 씨앗처럼 줄어들었다. 파랑새는 씨앗을 입에 물더니 부드럽게 날아올라 하늘로 사라졌다.

현걸은 파랑새가 준 씨앗을 먹고 살아났다. 옛날보다 훨씬 더 튼튼하고 씩씩해졌다. 미유가 사라지고 없었기에 많은 처녀들이 현걸을 짝사랑했고, 이름이 알려진 가문에서도 현걸을 사위로 맞으려고 애썼다. 현걸에게는 미유뿐이었지만, 그러나 아무도 미유가 어디로 갔는지 말해주지 않았다. 그리운 마음이 사무치던 어느 날 밤, 꿈에 파랑새 한 마리가 나왔다. 작은 파랑새였다. 파랑새는 높고 신비한 구름이 가득한 하늘을 빙글빙글 돌았다. 꿈에서 깨어난 뒤에도 현걸은 꿈을 잊을 수 없었다. 꿈이 무엇인지 알 수 없었던 현걸은 제사장을 찾아가 꿈 이야기를 했다.

"자네 꿈에 나타난 새는 곤륜산 서왕모님을 모시는 파랑새네."

"서왕모님을 모시는 파랑새가 제 꿈에 왜 나타납니까?"

그때서야 어쩔 수 없이 제사장은 미유가 현걸을 살리려고 곤륜산으로 떠났다는 이야기를 해주었다.

미유가 어디에 있는지 안 현걸은 바로 곤륜산으로 떠났고, 힘든 길을 헤치고 나가 요지 아래까지 왔지만 현걸은 요지로 들어갈 수 없었다. 현걸은 요지 앞에서 꼼짝 않고 미유 이름만 불렀다. 사랑과 그리움에 사무친 현걸 목소리를 듣고 수풀마저 눈물을 흘렸다. 요지에 머무는 신선들과 선녀들도 애달픈 현걸 목소리에 눈물을 그치지 않았다. 기쁨과 웃음이 넘치던 요지에 슬픔이 가득했다. 요지를 물들이던 푸른빛도 옅어졌고, 심지어 반도원 복숭아들도 힘을 잃은 듯 기운이 없었다.

현걸이 보인 정성에 마음이 움직인 서왕모는 마침내 미유를 현걸에게 보냈다. 현걸과 미유는 고향으로 돌아와 결혼해서 행복하게 살았다. 그러던 어느 날, 오랜 가뭄으로 초원과 산이 바짝 말랐을 때 들에서 불이 일어났다. 불은 마른 바람을 타고 매섭게 휘몰아쳤다. 산을 집어 삼키고 양떼들을 죽음으로 몰아갔다. 그대로 두면 마을은 잿더미가 될 판이었다.

미유와 현걸은 간절한 마음으로 불길 앞에 무릎을 꿇었다.

"서왕모님, 불길이 마을을 집어삼키고 산과 들을 모조리 태우려 합니다. 살려주십시오. 이 마을과 불쌍한 사람들을 구해주십시오. 간절히 빕니다."

미유와 현걸은 사람들이 피하라고 소리치는데도 불 앞에서 꼼짝도 않고 엎드린 채 도망치지 않았다. 불길이 붉은 혀를 날름거리며 미유와 현걸을 집어삼키려 할 때, 날카로운 새소리가 울리더니 어마어마한 검은 구름이 하늘을 뒤덮었다. 곧이어 장대 같은 비가 쏟아졌다. 쏟아지는 비에 불은 금방 꺼졌다. 몇 달 동안 물 한 모금 먹지 못해 애타던 초목들은 기쁘게 소리치고, 마른 풀만 먹던 양떼들은 흥겨워 노래를 불렀다. 마을 사람들은 다들 무릎을 꿇고 하늘에 절을 한 뒤 미유와 현걸을 둘러싸고 만세를 불렀다.

"우리 덕이 아닙니다. 서왕모님이 우리에게 은혜를 주셨습니다. 모두 서왕모님께 고마운 마음을 바쳐야 합니다."

마을 사람들은 그 일을 겪고 난 뒤 서왕모를 모시는 사당을 지었는데, 현걸과 미유는 죽을 때까지 그 사당에서 서왕모를 참마음으로 모시며 살았다고 한다. 그 뒤로도 마을 사람들은 재앙이 닥치거나 간절한 소원이 있으면 서당을 찾아 서왕모님께 빌었고, 그때마다 소원이 이루어졌다고 한다. 외삼촌과 내가 간 곳이 바로 그 사당이었다.

* * *

서왕모 신화에 나온 동방삭에 관한 이야기는 우리나라에도 있다. 동박삭은 반도원 복숭아를 몰래 훔쳐 먹어서 아주 오랫동안 살았다. 동방삭은 무려 삼천갑자를 살았다고 해서 삼천갑자 동박삭이라고 불렸다.

1갑자가 60년이니 3,000갑자는 180,000년이다. 참 오래도 살았다. 저승을 다스리는 염라대왕은 십팔만 년을 산 동방삭을 잡아오라고 저승사자에게 시켰다. 더는 그대로 둘 수 없었기 때문이다. 저승사자는 동방삭을 잡으러 이 세상으로 왔으나 잡을 수가 없었다. 십팔만 년이나 사는 동안 동방삭은 지혜와 꾀가 하늘 끝에 닿아 저승사자가 어떻게 해 볼 수가 없었기 때문이다. 이러저러한 수를 다 써봤지만 동방삭 발뒤꿈치도 찾아내지 못했다.

이대로 저승으로 돌아가면 염라대왕에게 크게 혼이 나기 때문에 저승사자는 저승으로 돌아가지도 못하고 이승을 떠돌았다. 저승사자 신세가 참 딱했다. 그러다 저승사자에게 아주 멋진 생각이 떠올랐다. 동방삭은 오래 살았지만 호기심이 아주 많다고 알려졌다. 십팔만 년을 살면서 별의별 일을 다 보고 겪은 동방삭이다. 그러나 십팔만 년 동안 한 번도 겪지 못한 일을 보게 되면 호기심 많은 동방삭은 반드시 나타날 것이다.

그때부터 저승사자는 검은 빛이 나는 숯을 냇가에서 빨았다. 마치 빨래를 하듯이 숯을 빨았다. 숯은 아무리 빨아도 검은 빛이었지만, 저승사자는 하루도 쉬지 않고 숯을 빨았다. 물은 검은 빛으로 바뀌었다. 그래도 저승사자는 숯 빠는 일을 멈추지 않았다.

지나가는 사람들은 미쳤다면서 혀를 찼다. 어떤 미친놈이 날마다 냇가에서 숯을 빤다는 소문이 널리 퍼졌다. 그러던 어느 날, 저승사자가 숯을 부지런히 빠는데 어떤 사람이 호기심 가득한 얼굴로 다가왔다.

"숯을 왜 물에 빨고 있습니까?"

얼굴에 호기심이 가득했다.

"숯을 빨아서 희게 만들려고 합니다."

저승사자는 아무렇지 않게 대꾸했다.

"하하하!"

물어보던 사람은 배꼽을 잡으며 웃었다.

"내가 삼천갑자를 살았지만 숯을 빨아서 희게 만들겠단 사람은 만나보지 못했소. 하하하! 참으로 어리석은 사람이네!"

이때 숯을 빨던 저승사저 눈빛이 매섭게 바뀐다.

'이놈이 동방삭이구나!'

저승사자는 번개처럼 동방삭 목을 낚아챘다. 동방삭은 아차 싶었지만 때는 늦었다.

"네 이놈! 어찌 사람이 십팔만 년을 산단 말이냐. 사람이란 모름지기 제가 타고난 목숨이 있는데, 서왕모님 복숭아를 훔쳐 먹고 이렇게 오래 살았으니, 네 죄가 무겁고 크다. 이제 살만큼 살았으니 저승으로 가자!"

동방삭은 바들바들 떨면서 저승사자에게 끌려가고 말았다.

저승사자가 숯을 빨던 곳이 바로 경기도 용인에서 성남, 서울 송파로 흐르는 '탄천'이다. 탄천이란 숯을 빨았던 개천이란 뜻이다.

＊ ＊ ＊

차창 밖으로 끝없이 펼쳐진 사막이 보였다. 하늘은 구름 한 점 없이 푸르렀다. 푸른빛 하늘 위로 동그랗게 도는 새 한 머리가 보였다. 푸른 하늘 빛 때문인지 새도 푸른빛으로 보였다. 설마 서왕모 신화에 나오는 파랑새가 나타난 걸까? 눈을 크게 뜨고 새를 살폈다. 자세히 보니 새 몸은 검은빛이었다. 신화는, 신화일 뿐이다. 서왕모도 가짜, 서왕모를 따르는 파랑새도 가짜다. 멋지지만 지어낸 이야기다. 외삼촌은 게세르 신화가 진짜이길 믿는다면서 멋지기 때문이라고 했다. 게세르 신화는 멋지다. 나도 게세르가 진짜라고 믿고 싶다. 그러나 게세르 신화와 서왕모 신화는 다르다. 게세르 신화는 진짜 사람에 멋스러움을 보태서 꾸며낸 이야기라면, 서왕모 신화는 모조리 지어낸 가짜다. 서왕모 이야기는 오늘날 판타지 소설과 다를 바 없다.

"설마, 아까 서당에서 미유와 현걸 이야기를 들었던 거예요?"

그러지 않기를 바라며 물었다. 그렇고 그런 이야기를 들으러 그 먼 곳까지 고생하며 갔다 오는 길이라고 믿고 싶지는 않았다.

"여러 이야기를 들었어. 서왕모에 얽힌 미유와 현걸 이야기는 그 가운데 하나였고."

외삼촌 말을 듣고 나는 크게 실망했다.

외삼촌이 기껏 그 따위 이야기나 들으려고 세상을 돌아다닌다고는 믿고 싶지 않았다.

"그런 거짓 이야기를 왜 들어요?"

엄마에게 대들 때 쓰는 말투가 나도 모르게 튀어나왔다.

"거짓? 정말 거짓이라고 생각하니?"

외삼촌이 나에게 되물었다.

"그럼요. 다 뻥이잖아요."

외삼촌과 이러고 싶지 않았는데, 외삼촌과 사이도 엄마처럼 될까 봐 걱정스러웠다. 조금이라도 마음에 안 들면 대들려는 내 못된 습성은 때와 사람을 가리지 않고 튀어나왔다. 나도 어쩔 수 없었다.

"시도 뻥이니?"

외삼촌이 내게 물었다.

"네?"

무슨 말인지 헤아리지 못했다.

"시인이 쓴 시도 뻥이냐고?"

무슨 말인지 모르겠다.

"시는 문학이죠."

"문학도 뻥이지. 소설을 속된 말로 '그럴 듯한 거짓말'이라고 해. 문학은 거짓말이지만 참이 있어. 문학에 나오는 사람은 가짜지만 그 사람이 드러내는 됨됨이, 갈등, 고민 등은 가짜가 아니야. 사람과 삶, 세상과 진실이 많이 담길수록 멋진 작품이 되지. 그런 점에서 신화는 문학과 닮았어. 문학이 겉은 거짓이지만 속은 참이 듯이, 신화도 겉은 거짓이지만 속은 참이지. 신화는 옛사람들이 그냥 지어낸 이야기가 아니야. 신화엔 진짜 삶이 있어."

외삼촌은 차분하면서도 진중하게 말했다.

그 점이 엄마와 달랐다. 엄마는 이렇게 길게 말해주지도 않지만, 조금만 엄마 뜻에 거슬리면 소리가 커지고 말이 빨라진다. 외삼촌 말투가 내 반항심을 누그러뜨렸다. 누그러지긴 했지만 내 반항심은 그쯤에서 멈추지 않았다. 외삼촌을 이기고 싶다는 못된 심보가 여전히 꿈틀거렸다.

"어쨌든 문학이든 신화든 지어낸 이야기잖아요. 옛날에 지어낸 이야기를 알아서 뭐해요. 더구나 그럴듯하지도 않은데. 문학은 읽으면서 그럴듯하다고 믿어요. 그럴듯하지 않은, 거짓말 같은 이야기가 바로 판타지잖아요. 그러니까 신화는 그냥 판타지 소설과 똑같죠."

나는 내가 꽤 그럴싸하게 되받아쳤다고 믿었다. 외삼촌이 더는 할 말이 없으리라 생각했다.

"여러 곳에서 전해내려 온 신화를 깊이 연구한 조지프 캠벨은 '꿈은 한 사람이 품은 신화요, 신화는 집단이 품은 꿈'이라고 말했어."

"무슨 말인지 모르겠어요."

"네가 꾸는 꿈을 떠올려 봐. 네가 꾸는 꿈이 너에게는 신화야. 진짜 삶에서는 이뤄지지 않는 일이 네 꿈에서는 이뤄지지. 시간이 뒤흔들리고, 공간이 뒤틀리고, 사람이 뒤바뀌고, 마법이 통하고 그래서 꿈은 너에게는 신화야."

내가 고개를 끄덕였지만 외삼촌은 운전을 하느라 내 고갯짓을 보지 못했다.

"옛사람들이 만든 신화는 한 사람이 지어낸 이야기가 아니야. 신화는 무리지어 살던 집단이 바라던 간절한 꿈이 담겼지. 사람이 어찌할 수 없는 일을 이뤄주길 바라는 간절함, 거룩한 힘이 내 아픔과 괴로움을 해결해주기를 바라는 마음, 가뭄과 홍수처럼 사람이 지닌 힘으로 어쩔 수 없는 재난을 막아주기를 바라는 소망 등이 신화에 담겼어."

"종교네요."

"그래 종교지. 불교에서 관음보살, 가톨릭에서 마리아, 우리 신화에서 삼신할머니는 서왕모와 엇비슷해. 모두 어머니와 같은 푸근함과 사랑을 지닌 분들이야. 사람들은 어머니처럼 우리를 보살피는 큰 힘을 지닌 거룩한 존재를 바랐어. 힘없는 백성을 어루만져주고, 귀기울여주고, 고통을 덜어줄 신령이 있기를 바랐어. 이곳에선 그 이름이 서왕모고, 불교에선 관음보살이며, 우리나라에선 삼신할머니였지. 이름만 다를 뿐 알맹이는 다를 바 없어. 힘없는 백성을 어머니처럼 보살펴주는 신이지. 남신이 힘만 앞세우고 싸우고 파괴하는 노릇을 한다면, 여신은 돌보고 치료하고 북돋아줘. 그 옛날 사람들은 바로 어머니와 같은 따뜻한 신을 바랐어. 그래서 신화는 집단이 품은 꿈이라고 한 거야. 집단이 바라는 바를 이뤄주는 거룩한 존재, 바로 신화 속 여신들이지."

어느 정도 삼촌 말을 알아들었지만, 모두 받아들이긴 힘들었다.

내게 신화는 그냥 재미난 이야기일 뿐이다.

"오늘날에는 과학이 있어요. 땅속에 엄청나게 큰 타이탄이 있어서 지진이 나고, 태양신이 해를 몰고 다니고, 달에 항아가 있고, 바다에 포세이돈이 있다는 이야기는 다 거짓이에요. 그런 이야기는 그냥 판타지일 뿐이라고요."

나는 고집스럽게 삼촌에 맞섰다. 물론 내 말이 억지는 아니었다. 나는 내말이 맞는다고 믿었다. 과학이니까.

"과학도 신화도 사람이 세상을 보는 창일뿐이야. 옛날에는 신화란 창으로 세상을 보았다면, 이제는 과학이란 창으로 세상을 보지. 사람들은 제가 보는 창만 맞다고 여기고, 다른 사람이 보는 창은 틀렸다고 믿어. 그러나 그렇지 않아. 중력파라고 들어봤니?"

들어봤다. 과학 선생님이 몇 번이나 말해서 잊어 먹기도 힘들다. 우주에서 엄청나게 큰 별끼리 부딪치거나, 별이 크게 터지면 공간이 일그러지면서 파장이 생기는데 그 파장을 중력파라고 한다.

"많이 들어 봤어요."

"중력파는 사람이 지닌 다섯 감각으로 느낄 수가 없어. 중력파가 그려낸 세상은 어떤 모습일까? 우리가 아무리 알려고 해도 우리 감각으로 중력파가 그려낸 세상은 알 수가 없어. 사람이 눈으로 세상을 알아차린다면 개들은 냄새로 세상을 헤아려. 냄새로 헤아린 세상은 어떤 모습일까? 아무리 우리가 생각해보려 해도 냄새로 그려낸 세상이 무엇인지 우리는 몰라. 중력파도, 냄새도 세상을 보는 창이야. 세상을 보는 창이 달라지면 세상도 달라져. 우리 감각이 달라지면 세상도 바뀌지."

외삼촌 말이 무슨 말인지는 알겠는데 받아들이긴 힘들었다.

"냄새와 중력파가 거짓이 아니듯 신화도 거짓이 아니야. 그때 사람들이 보던 창이 신화야. 우리가 보는 창이 과학이지. 그런데 과학은 온전히 진짜일까? 모든 감각과 진실을 다 보여주는 창일까? 사람이 과학으로 알아낸 지식은 우주에 담긴 진실 가운데 아주 작은 대목일 뿐이야. 비유하자면 모래밭에서 모래 한 알 움켜쥔 꼴이라고나 할까? 그렇다고 우리가 옳다고 믿는 과학이 틀리진 않아. 그러나 과학은 맞고 신화는 틀렸다는 생각은 안 돼. 신화는 그 때 사람들 틀이었고, 과학은 우리 시대 사람들 틀이야. 시간이 흘러 또 다른 시대가 되면 그때 사람들은 지금 우리가 옳다고 믿는 과학을 네가 신화를 바라보듯이 할 거야."

외삼촌은 굳셌다. 엄마 말에서 느껴지는 무조건적인 고집과는 달랐다. 오랜 고민과 경험 끝에 풍기는 단단함이 말 속에서 진하게 묻어났다. 나는 외삼촌 말을 어렴풋이 헤아렸다. 그럼에도 다 받아들이긴 싫었다. 내 마지막 고집이었다. 어쩌면 나는 엄마와 싸우면서 엄마를 닮아 버렸는지 모른다.

"신화는 낡은 창이에요. 낡은 창은 갈아야죠."

"낡은 창이라고 믿는 사람들이 많지. 그렇지만 나는 신화가 낡은 창이라는 말이 옳지 않다고 봐. 오래된 미래란 말이 있지. 신화야말로 아주 오래된 미래야."

서쪽으로 해가 지면서 짙은 노을을 드리웠다. 사막이 황금빛으로 물들었다. 짙은 그림자와 황금빛이 빚어낸 서쪽 풍경은 참으로 신비로웠다.

'과학을 모르던 때에, 저 하늘을 보고 신을 떠올리지 않으면 도리어 비정상일지도'

그런 생각을 하는데 차가 멈췄다. 우리가 머물 게르였다. 그때 차 한 대가 우리 옆을 지나쳐 갔다. 낮에 우리 뒤를 따라오던 차와 비슷하게 보였다. 우리처럼 어디를 다녀왔을지도 모른다고 생각하면서 게르로 얼른 들어갔다. 모래와 땀으로 뒤범벅이 된 몸을 빨리 씻고 싶었다.

04

# 재니스 조플린_내 마음에 우뚝 선 신화

베이징 공항에서 비행기를 탔다. 우리나라 대한민국으로 오는 비행기는 아니었다. 남아메리카 페루로 가야 하는데 페루로 곧바로 가는 비행기가 없어서 미국 LA를 거쳐 페루로 갔다. 태어나서 처음으로 그렇게 길게 비행기를 타 보았고, 또 그렇게 좋은 자리에 앉아서 가기도 처음이었다. 1등석이었는데 정말 호텔 부럽지 않았다. 졸리면 침대처럼 의자를 눕혀서 자고, 영화도 보고 인터넷도 하고, 먹고 싶은 음식을 골라 먹었다.

"일등석이면 엄청 비쌀 텐데……, 외삼촌은 돈이 많나 보네요."

"돈은 많지 않아. 돈보단 사람이 많지. 나도 이렇게 좋은 자리는 처음 앉아 봐. 늘 제일 싼 비행기만 골라 타고 다녔어. 일등석을 맛보고 나면 힘든 자리 앉아 가기 싫어질 텐데, 큰일이다. 쩝!"

말은 그렇게 했지만 외삼촌은 나보다 훨씬 일등석이 주는 기쁨을 즐겼다. 승무원들과 우스갯소리도 수없이 주고받았다. LA까지는 먹고, 자고, 인터넷을 하며 지루하지 않게 갔지만, LA에서 페루 리마로 가는 길은 지루하기만 했다. 잠도 잘 만큼 자서 졸리지도 않았다. 인터넷도 지겨워서 이어폰을 꽂고 노래를 듣는데 외삼촌이 이어폰 한쪽을 빼더니 귀에 꽂았다.

한참 아무 말 없이 노래를 듣던 외삼촌이 이어폰을 뺐다.

"이런 노래 듣는 줄 알면 엄마가 엄청 놀라시겠는걸?"

나는 한쪽 귀로 노래를 들으며 외삼촌을 바라봤다.

"외삼촌도 이런 노래, 나쁘다고 생각하세요?"

또다시 삐딱한 말투다. 내가 왜 이런지 모르겠다.

"나쁘다고 생각하진 않는데, 네가 벨벳 언더그라운드 앤 니코(The velvet underground & nico)가 누군지는 알고 이 음악을 듣는지 궁금하긴 해."

이번에는 내 이어폰을 뺐다.

"외삼촌이 벨벳 언더그라운드를 아세요?"

"몇 번 들어보긴 했어. 너는 잘 아나 보네?"

"그럼요. 제가 손에 꼽도록 좋아하는 앨범을 만든 가수니까요."

"왜 그토록 벨벳 언더그라운드를 좋아하는지 듣고 싶네."

나에게 벨벳 언더그라운드를 묻는 사람을 만나다니 너무 기뻤다. 엄마와 아빠는 내가 이런 음악을 듣는다고 하면 야단만 칠 뿐

내 말을 들으려 하지 않는다. 노래를 좋아하고 즐겨듣는 친구들은 많지만 거의 다 요즘 아이돌 음악이나 최신곡만 듣는다. 그러니 내가 좋아하는 노래로 이야기를 나누고 싶어도 나눌 사람이 없다. 그래서 나는 애들이 음악 이야기를 하고, 아이돌 이야기를 해도 끼어들지 않는다. 괜히 내가 좋아하는 음악 얘기를 했다가는 이상한 애로 몰리기 때문이다. 그런데 외삼촌이 내가 좋아하는 노래를 마음껏 말하라고 멍석을 깔아주었으니 어찌 기쁘지 않겠는가?

나는 인터넷으로 벨벳 언더그라운드 앤 니코를 찾았다. 겉면에 바나나 그림이 있고 앤디 워홀(Andy Warhol)이란 글씨가 새겨진 앨범 사진을 눌러서 외삼촌에게 보여줬다.

"이게 팝 아트로 널리 알려진 앤디 워홀이 벨벳 언더그라운드란 그룹과 독일 출신 니코를 끌어와서 만든 앨범이에요. 벨벳 언더그라운드는 별로 알려지지 않은 밴드였는데 앤디 워홀 눈에 들었고, 니코는 독일인인데 아방가르드 음악을 주로 하고, 배우와 모델도 했어요. 아무튼 앤디 워홀이 프로듀싱을 했는데, 앨범을 8시간에 뚝딱 만들었대요. 앨범이 나오자 앨범 겉면 때문에 아주 시끄러웠어요. 겉에 있는 바나나 그림은 앤디 워홀이 그렸는데, 바나나 그림을 뜯으면 분홍빛을 띤 바나나 속이 드러났기 때문이죠."

"남자 성기를 비유한 그림이었으니 욕을 먹었겠지."

"헤헤, 맞아요. 겉면 때문에 욕을 먹었는데 노래는 더 욕을 먹었어요. 4번 노래인 비너스 인 퍼스(Venus In Furs)는 남을 괴롭히며 즐기는 성생활을, 7번 노래인 헤로인(Heroin)은 마약을 찬양했죠."

"요즘 불러도 손가락질 받을 노래를 1960년대에 불렀으니 엄청나게 욕을 먹을 수밖에."

"욕을 먹어서 그런지, 지나치게 시대를 앞서서 나왔는지 모르지만 아무튼 앨범은 쫄딱 망했어요. 음악 프로그램에서는 모조리 금지곡이 됐고요. 그렇게 망했지만 나중에는 엄청난 영향을 끼쳤죠. 그래서 '벨벳 언더그라운드 앤 니코 앨범을 산 사람은 별로 없지만, 산 사람은 반드시 음악을 한다'는 말까지 있어요."

"음악을 듣는 사람들에겐 별로였지만 음악을 하는 사람들에겐 엄청난 영향을 주었단 말이구나. 아무튼, 네가 이런 노래를 왜 좋아하는지 궁금한걸."

"어른들이 철석 같이 옳다고 믿는 도덕을 대놓고 비웃잖아요. 그래서 좋아요."

내 말을 들은 외삼촌이 내 머리를 쓰다듬었다.

"어이구, 엄마가 이 말을 들으면 또 둘이 착착 죽이 맞는다고 하겠구나. 나도 너랑 비슷한 말을 숱하게 했는데 말이야. 그런데 너 벨벳 언더그라운드 노래가 우리나라에서 만든 아주 유명한 영화에서 나와서 인기를 끈 거는 아니?"

"알죠. 한석규와 전도연이 주연인 1997년 영화 〈접속〉에서 페일 블루 아이즈(Pale Blue Eyes)가 나와요."

나는 바로 페일 블루 아이즈를 골라서 틀었다. 1집 앨범과 달리 부드럽고, 달콤하고, 달달하다.

"1집과 참 다르네."

"니코가 아방가르드한 기운이 강했는데 니코가 빠지고, 벨벳 언더그라운드에서 아방가르드를 이끌었던 존 케일이 밴드를 나가면서 부드러운 음악으로 바뀌었죠. 아무튼 그때는 그렇고 그랬던 밴드가 나중에는 비틀즈보다 더 엄청난 영향을 끼쳐요."

외삼촌은 노래에 맞춰 고개를 까딱거리더니 흐뭇하게 웃었다.

"실패했는데 큰 영향을 끼쳤다는 점이 참 마음에 드네. 딱 내 철학이야. 삶은 꼭 성공하지 않아도 돼. 요즘 사람들은 성공해야 한다는 강박증에 시달려. 벨벳 언더그라운드는 철저히 실패했지만 세상에 큰 영향을 끼쳤어. 그들도 그렇게 큰 영향을 끼칠 줄은 몰랐을 거야. 이순신은 마지막에 죽음이라는 실패로 조선을 구했고, 공자도 실패한 뒤에 제자를 가르쳤으며, 소크라테스도 실패하고 죽었으며, 예수도 당시에는 실패했지만 죽음으로 인류를 구원하는 은혜를 베풀었어. 모두가 실패했어. 실패한 사람이야말로 가장 거룩한 사람이야."

"외삼촌은 참 다르네요. 어른들은 그렇게 말 안하는데. 실패를 말할 때도 실패는 성공의 어머니라고만 해요. 실패한 뒤에 반드시 성공해야만 실패도 의미가 있다고 하죠. 실패도 성공을 위한 장식물이에요. 요즘말로 실패도 스펙이죠. 그래서 더 싫어요."

나는 '더 싫어요'란 말이 되도록 나쁘게 들리도록 애썼다.

"하하하! 어른들은 늘 그렇지."

외삼촌은 크게 웃더니 외삼촌 자리로 돌아가려 했다. 문득 외삼촌에게 내가 정말 좋아하는 여가수를 알려주고 싶었다. 나는 외삼촌을 부른 뒤 노래 한 곡을 들려주었다.

"재니스 조플린이 부른 서머 타임(Summer Time)이네. 네가 이 노래까지 알다니……. 이 노래는 진짜 유명하지."

외삼촌이 재니스 조플린을 알다니 펄쩍펄쩍 뛸 만큼 기뻤다.

"서머 타임은 재니스 조플린이 빅 브러더 앤 더 홀딩 컴퍼니(Big Brother & The Holding Company)란 밴드와 함께 만든 칩스 쓰릴(Cheap Thrills) 앨범 셋째에 실린 노래예요. 재니스 조플린은 10대 때 학교에서 가장 못생긴 남자 아이로 뽑혔대요. 재니스 조플린은 여자인데, 못생긴 남자 아이라니, 그만큼 놀림을 받으며 살았죠. 10대 후반부터 음악을 했는데 그때 함께한 밴드가 빅 브러더 앤 더 홀딩 컴퍼니였어요. 칩스 쓰릴은 정말 놀라운 앨범이었는데, 재니스 조플린은 엄청 칭찬을 받았지만, 밴드는 엉망이었어요. 악기들이 서로 어울리지 않고 싸우는 듯해서요. 그런 엉망인 밴드를 재니스 조플린이 목소리 하나로 끌고 가요. 서머타임 노래는 스무살 갓 넘은 여자가 불렀다고는 어림도 못할 만큼 목소리가 굵고 거칠면서 사람을 아주 세게 끌어당겨요. 넷째 곡인 피스 오브 마이 하트(Piece of My Heart)도 끝내주죠."

정말 누구에게든 꼭 재니스 조플린 이야기를 쏟아내고 싶었다. 늘 입이 근질근질했다. 내가 정말 재니스 조플린을 좋아한다고, 이러저러해서 좋아한다고 신나게 떠들고 싶었다. 이제까지 단 한 번도 그럴 틈이 없었는데, 외삼촌 덕분에 그런 마당이 열렸다. 나는 쉼 없이 재니스 조플린 이야기를 쏟아냈다.

"밴드가 엉망이었고 재니스 조플린도 밴드를 싫어했어요. 그래서 밴드에서 나왔죠. 그 뒤에 정말 멋진 앨범을 만들었는데 2집인 '피를(PEARL)'을 으뜸으로 쳐요. 피를은 진주란 뜻인데 그야말로 진주와 같은 앨범이죠. 피를은 미완성 앨범인데 앨범을 만들다가 재니스 조플린이 죽었기 때문이에요. 다섯째 노래인 버리드 얼라이브 인더 블루스(Buried Alive in the Blues)는 목소리는 없고 연주만 있어요. 그런데 평론가들은 다섯째 노래를 높게 쳐요. 그 까닭이 재니스 조플린이 없는 빈자리가 느껴지는 음악이기 때문이라고 해요. 재니스 조플린이 얼마나 뛰어난지 느끼게 해주기에 더없이 좋은 노래라고."

외삼촌이 고개를 크게 끄덕였다.

"있을 때보다 없으면 그 빈자리가 더 크게 느껴지는 사람이 있어. 나도 그런 사람이 되고 싶어. 여느 사람들은 있을 때 커 보이고 싶지만, 없을 때 크게 느껴지는 사람이야말로 진짜 큰 사람이지, 재니스 조플린처럼. 물론 재니스 조플린은 있을 때도 컸지만."

외삼촌 말에 나는 더 신이 났다.

“여덟째 노래인 메르세데스 벤츠(Mercedes Benz)는 연주는 없고 목소리만 나와요. 재니스 조플린 목소리 빛깔이 그대로 묻어나서, 제가 가장 좋아하는 노래에요. 목소리만 들어도, 정말 좋아요. 아무 도움 없이, 오직 목소리로만 모든 감정을 표현하는 그 힘이 정말 환상이에요. 이 앨범 표지는 ‘사이키델릭 아트’라고 해요. 사이키델릭 아트는 그림 기법을 이야기하는데 이 앨범 표지로 아주 널리 알려졌죠. 사이키델릭이란 ‘사이코(psycho)’와 ‘딜리셔스(delicious)’를 더해서 만든 말로 마음이 황홀에 젖는 느낌을 뜻해요. 환각제를 먹은 듯한 느낌을 표현한 예술이 사이키델릭 아트죠. 재니스 조플린은 여자 가수가 얼마나 엄청난 노래를 부를 수 있는지를 보여줘요. 여자는 부드럽고 달콤한 노래만 불러야 한다는 편견을 깨고 거친 목소리로 멋지게 노래를 불러요. 그래서 어떤 면에서 재니스 조플린은 혁명가예요. 안타깝게도, 이렇게 멋진 가수가…… 27살에 죽어요.”

나는 죽음이란 낱말에서 살짝 울컥했다. 왜 이런 사람들은 끝까지 살아서 더 많은 희망과 꿈을 심어주지 못하고 빨리 죽는 걸까? 신이 질투하는 걸까?

“재니스 조플린, 여가수로서 신화에 가까운 인물이네.”

외삼촌이 일부러 그랬는지 모르지만 ‘신화’란 낱말이 톡 튀어서 들렸다.

“신화요?”

내가 되물었다.

"그럼 신화지! 꿈같은 이야기, 거룩한 일을 해낸 이야기, 도저히 믿을 수 없지만, 믿을 수밖에 없는 이야기, 그야말로 신화 아니겠니? 너에겐 재니스 조플린이 게세르요, 오디세우스지."

그때, 신화란 말을 들을 때마다 들었던 거부감이 급격하게 허물어졌다. 맞다. 재니스 조플린은 내게 신화다. 신화에 나오는 영웅처럼 거룩한 이다. 나는 이 시대 재니스 조플린을 꿈꾼다.

"나는 존 바에즈를 가장 좋아해."

처음 듣는 이름이었다. 외삼촌은 존 바에즈를 검색해서 보여주었다. 젊은 여가수가 통기타를 메고 노래를 불렀다. 잔잔하고 부드러운 노래가 흘러나왔다.

"더 리버 인더 파인스(The River In The Pines), 내가 가장 좋아하는 존 바에즈 노래야. 이 노래를 처음 들었을 때, 심장이 멎는 줄 알았어. 괴로움으로 허덕이던 내 영혼이 치유되는 느낌이었지. 노랫말은 참 슬프면서도 아름다워. 아름답게 사랑하던 매리와 찰리, 그러다 솔밭 사이로 강물이 흐르는 곳에서 찰리는 물살에 휩쓸려 죽고, 그들 사랑도 죽음으로 끝을 맺지. 그리고 길을 가던 사람들이 멈춰서 야생화를 심어주고 그들을 떠올려. 아름다운 그곳에서 살다 죽은 연인을 기리는 이야기, 노랫말은 그야말로 구슬픈 시야. 존 바에즈가 읊조리며 푸근하게 슬픔을 다독이는데, 더할 나위 없는 위로를 받았어."

존 바에즈 목소리가 따스하게 귓전을 맴돌았다.

"내가 가장 힘들 때 이 노래가 나에게 찾아왔단다. 이 노래를 들었을 때, 나는 솔밭 사이 물살에 죽은 이가, 죽어 무덤에 누워 있는 이가 찰리가 아니라 바로 나라고 생각했어. 내가 이렇게 죽으면 누가 나를 위해 이런 노래를 불러주겠구나. 아니 바로 이 노래가 나를 아름답게 꾸며주겠구나 싶었지. 그때 나는 두려움에서 벗어났어. 실패, 좌절, 나아가 죽음이라는 두려움에서도 벗어났어. 이 모든 사슬에서 벗어나도 괜찮겠다 싶었지. 이런 음악이 있다면, 이런 음악이 나를 위해 있다면 뭘 해도 괜찮겠다 싶었어. 이 노래가 바로 나를 세상으로 이끌었어. 열아홉에서 스물로 넘어가던 그 시절에 나를 뻔한 삶에서 벗어나도록 용기를 선물해 준 노래, 존 바에즈가 부른 노래가 바로 더 리버 인 더 파인스(The River In The Pines)야."

외삼촌은 조용히 존 바에즈 노래를 따라 불렀다. 노랫말이 정말 슬펐다. 그런데 슬프지만은 않았다. 슬픔을 넘어서는 무엇이 있었다. 읊조리며 위로하는 목소리가 내 상처를 부드럽게 어루만졌다. 내 안에서 뭔지 모를 껍질이 부서지는 소리가 들었다. 나도 모르게 눈물이 흘렀다.

"신화는 꿈이야. 사람에게 꿈이 없으면 얼마나 삭막하겠니. 아름다운 꿈이 사라지면 삶이 무엇이 되겠어. 너에겐 재니스 조플린이 신화고, 나에겐 존 바에즈가 신화야. 누구나 신화를 품고 살아야하지 않겠니? 그럴 때 '나는 내 삶이 참 마음에 든다'고 속삭일 수 있지."

눈물이 멈추지 않았다. 나는 눈물을 닦지 않고 그대로 두었다.

"내가 집에서 본 너는 그냥 무기력한 15살 소녀였어. 조금은 걱정스럽더라. 무기력에 빠져도 괜찮지만 무기력해지다 보면 영혼까지 무너져버릴 수 있거든. 너는 억압을 싫어해. 억압에 무조건 저항하고 싶어 하지. 어쩌면 너는 저항하는 용기가 없는 너 스스로가 무척 싫을지도 몰라."

눈물을 닦고 외삼촌 말에 귀를 기울였다.

"민지야! 무기력도 저항이야. 하는 일 없이 누워있고 싶은 무기력, 대놓고 맞설 수 없을 때 저항을 위해 고른 길이 바로 무기력이야. 그러니 네가 무기력하다고 마냥 무기력해지진 마! 넌 저항하는 중이니까. 저항! 멋지잖아. 어릴 때 저항하지 않으면 도대체 언제 저항하겠어. 내 나이만 되도 저항하려면 이것저것 따질 게 많아."

"고마워요. 외삼촌!"

슬며시 미소가 지어졌다.

"고맙긴, 아직 페루 리마까지 시간이 많이 남았어. 리마에 가면 빨리 빨리 움직여야 하니까, 쉴 수 있을 때 푹 쉬렴."

외삼촌은 내 손을 꼭 쥐더니 외삼촌 자리로 갔다.

나는 그때부터 비행기가 페루 리마에 도착할 때까지 존 바에즈 노래를 모조리 찾아서 들었다.

05

# 페루_나스카 지상화에 감춰진 비밀

싸늘한 가을 기운이 묻어나는 날씨였다. 북반구가 여름이라 남반구인 페루는 한겨울이어서 추울 줄 알았는데 우리나라 가을 날씨와 엇비슷해서 마음이 놓였다. 호텔에서 하룻밤 쉰 뒤에 리마 시내 관광을 했다. 시내 곳곳에 오래된 건물이 참 많았는데, 오래된 유럽 도시와 비슷한 느낌이 들어서 처음엔 마치 유럽에 온 듯했다.

"스페인 프란시스코 피사로가 잉카제국을 무너뜨린 뒤 식민지로 지배하기 좋은 곳에 세운 도시가 바로 리마야. 피사로는 200명도 되지 않은 스페인 군인으로 수십 만 대군을 거느린 잉카제국을 무너뜨렸지. 페루를 식민지로 지배하려고 세운 도시가 리마였기에 스페인 풍으로 건물을 많이 지었어. 그래서 마치 오래된 유럽 도시를 보는 듯한 느낌이 들지. 이곳 건축물들은 유네스코 세계문화유산이기도 해."

외삼촌은 나에게 잉카제국, 페루, 리마에 대해서 많은 이야기를 들려주었는데 별로 귀담아 듣지는 않았다. 다른 나라 역사는 학교에서 배우기에도 벅차다. 머리에 담아둘 만한 빈 곳이 없다. 아무튼 리마에서는 말 그대로 관광을 했다. 대통령궁 앞에서 펼쳐지는 경비원 교대식도 보고, 프란시스코 피사로가 묻힌 리마 대성당을 비롯해 여러 수도원, 박물관, 광장도 구경했다. 특히 잉카제국을 무너뜨린 피사로 시신이 있는 리마 대성당은 남다른 기분이 들게 했다. 잉카제국을 무너뜨리고 잉카인들을 지배하며 왕과 다름없이 살았던 피사로는 경쟁자들에게 처참하게 죽임을 당한다. 온몸에 수십 군데 칼을 맞고 죽었다는데 떠올리기만 해도 끔찍하다. 잉카제국을 무너뜨리고 엄청나게 많은 잉카인들을 죽인 죄 때문에 벌을 받았다고 믿는 사람도 있다는데 정말 그럴까 생각해 보기도 했다.

먹을거리는 생각보다 입에 맞았다. 여러 해산물에 양파와 토마토 등을 곁들인 세비체, 쇠고기 볶음밥이랑 엇비슷한 로모 살타도, 카레처럼 생긴 아히 데 가이나 등이 다 먹을 만했다. 외삼촌이 입맛에 안 맞으면 한국 식당도 있다고 했지만, 굳이 여기까지 와서 한국 음식을 먹고 싶지는 않았다. 그 나라에 가면 그 나라 음식을 먹어야 한다고 생각했기 때문이다.

길거리에서 먹은 꼬치구이인 안띠꾸초도 참 맛있었다. 처음에는 그냥 우리나라에서도 먹는 꼬치구인 줄 알았는데, 나중에 외삼촌이 소 심장으로 만든다고 해서 조금 꺼려졌다. 그렇지만 그 맛을 잊을 수가 없어서 여러 번 찾았다. 페루 하면 안띠꾸초가 가장 떠오를 만큼 내 입에 딱 맞았다.

리마에서 이틀 머문 뒤 나스카로 갔다. 나스카에서는 비행기를 타고 나스카 지상화를 구경했다. 비행기에서 내려 본 사막에는 거대한 기하학무늬와 각종 동식물 그림이 가득했다. 가장 큰 그림은 수백 미터나 되었다. 땅에서는 무슨 그림인지 알아보기 힘들고 하늘에서만 그림을 알아볼 수 있다. 나스카 지상화가 2~7세기쯤에 그려졌다는데, 그때는 우리나라가 삼국시대다. 하늘을 나는 비행기, 열기구 등이 전혀 없던 때다. 그런데 도대체 하늘에서만 볼 수 있는 그림을 왜 그렸을까? 많은 사람들이 연구를 했지만 아직 뚜렷한 답이 없다고 한다.

“사람이 큰 건축물을 만드는 까닭은 딱 세 가지인데, 권력과 부와 종교야. 나스카 지상화엔 권력이 끼어들 만한 구석이 없어. 권력을 내세우려면 백성들이 늘 보면서 우러러 봐야 하는 건축물이어야 하는데 나스카 지상화는 아니거든. 다음은 부를 더 많이 얻거나 부를 자랑하기 위함인데 나스카 지상화는 사막에 그려져서 부를 얻는 목적과는 안 맞고, 사람들이 보기 어려우므로 부를 자랑하는 목적도 아니야. 남은 목적은 하나지. 바로 종교야. 옛날 사람들은 우리보다 훨씬 신에게 가까웠어. 신이 바로 옆에 있다고 믿었고, 신이 인간 사회를 다스린다고 믿었지. 나스카 지상화를 천문연구용이니 우주선 착륙장이니 하는 말이 많은데 이는 옛사람들이 종교를 어떻게 생각하는지, 종교가 얼마나 엄청난 힘을 발휘했는지 알지 못하기 때문에 나온 어림이야. 지금 우리는 신화를 그냥 허무맹랑하고 재미난 이야기쯤으로 여기지만, 옛사람들에게 신화는 진짜 종교였고, 국가를 지탱하는 기둥이었어. 고조선 단군 신화, 고구려 주몽신화, 신라 박혁거세 신화는 그냥 심심해서 만든 이야기가 아니야. 나라를 만들고 지켜나갈 때 꼭 있어야 했기에 태어난 이야기라고 봐야 해. 신화는 옛사람들 종교고, 종교는 인류 역사를 움직인 크나큰 힘이었어."

외삼촌은 마치 역사 선생님처럼 말했다.

그나저나 사회를 끌고 가는데 왜 신화나 종교와 같은 믿음이 있어야 하는지 잘 모르겠다.

"요즘은 번개가 어떻게 생기고, 비가 어떻게 내리는지 과학 시간에 다 배워. 그렇지만 옛사람들은 번개와 비가 생기는 까닭을 몰랐어. 요즘도 마찬가지지만 옛사람들은 자연에 크게 기대며 살았어. 가뭄이 들거나 홍수가 나면 나라가 무너지기도 했지. 가뭄과 홍수가 왜 생기는지 알지 못했어. 두렵고, 꼭 있어야 하는데 왜 생기는지 몰라. 집은 사람이 만들 수 있는 것이고, 불도 사람이 피우면 생기지. 그렇다면 번개와 비와 가뭄과 홍수도 누군가가 만들었을 거라고 생각해야 자연스럽지."

"사람이 그렇게 하진 않으니 신을 떠올렸겠네요. 오늘날 눈으로 보면 참 멍청했네요."

멍청하다는 낱말을 내뱉고는 그 말이 알맞지 않은 낱말이란 생각이 들었다. 그런데 뜻밖에도 외삼촌은 멍청하다는 말에 공감했다.

"맞아. 멍청했지. 그런데 지금 우리는 안 멍청할까? 현대인들이 많은 자연현상이 왜 일어나는지 밝혀냈지만, 아직도 아는 지식보다 모르는 지식이 훨씬 많아. 사람이 알아야 할 지식이 사막에 있는 모래라면 이제까지 알아낸 지식은 모래 한 알이라고 해야 맞아. 그리고 모르기 때문에 사람은 겸손하고, 모르기 때문에 상상을 하지. 신화, 종교, 과학, 예술은 다 상상을 해. 상상이야말로 사람이 지닌 가장 멋진 재주지. 앞서도 말했지만 수천수만 년 뒤 사람들이 오늘날 우리를 보면 우리가 신화를 지어낸 사람들을 보듯이 어리석다고 비웃을지도 몰라. 물론 그때도 여전히 사람들은 아는 지식보다 모르는 지식이 훨씬 많겠지만."

외삼촌에게 들었던 창문 이야기가 다시 떠올랐다. 그러면서 겸손이란 낱말이 가슴에 깊은 울림을 자아냈다. 나는 다른 사람을 툭하면 깔본다. 아이돌 음악을 좋아하는 애들을 깔보고, 선생님께 잘 보여서 수행평가 점수 1점이라도 더 얻으려고 애쓰는 애들을 깔보고, 아는 척하면서 학생들을 마구 대하는 선생님들을 깔보고, 나도 다 아는 뻔한 잔소리만 늘어놓는 엄마를 깔보았다. 깔보는 마음은 신화를 만든 옛사람을 대할 때도 늘 내 밑바탕에 깔렸다. 나는 늘 나보다 못하다고 생각하는 사람을 깔보았다. 그러면서 나를 못났다고 나무라는 엄마에게는 한마디도 지지 않으려고 또박또박 따졌다. 어쩌면 못난이는 그들이 아니라 나인지도 모른다.

"너, 60년대 팝 음악 참 좋아하지?"

외삼촌이 말을 돌렸다.

"엄청 좋아해요. 심지어 그때로 돌아가고 싶기도 해요. 얼마 전에 친구가 아이돌 그룹 공연 표를 못 구했다고 엄청 안타까워하는데, 저는 그 안타까움도 부러웠어요. 제가 보고 싶고, 듣고 싶은 공연은 이제 열리지도 않아요. 1960년대 미국으로 가서 제가 좋아하는 이들이 노래 부르는 모습도 보고, 그들이 내는 목소리를 두 귀로 똑똑히 듣고 싶어요. 1960년대는 음악이 넘치는 시대, 거룩한 음악가들이 화산 폭발처럼 나타난 때였어요."

"그때 왜 그랬을까?"

외삼촌이 묻기 전에 나도 그런 생각을 잠깐 해보긴 했지만, 그리 깊이 한 적은 없었다. 그러게, 왜 그렇게 멋진 가수들이 많이 나오고, 음악사에 남을 만한 음반이 무수히 쏟아졌을까? 우연일까?

"모두 시대 때문이야. 1960년대, 유럽과 미국은 크나큰 변화를 겪어. 어쩌면 인류 역사 전체에서 가장 큰 변화가 일어난 때라고 봐도 돼. 전쟁 반대, 개발 반대와 생태, 핵무기 반대, 양성 평등, 관습에서 벗어난 자유 등을 외쳤어. 1968년에 일어난 프랑스 68혁명은 그 변화가 얼마나 엄청난 시대 흐름인지를 보여주었지. 네가 좋아하는 음악, 아니 음악사를 바꾼 엄청난 음악들은 모두 그러한 시대 배경을 바탕으로 태어났어."

처음 듣는 이야기였다. 시대가 음악을 만들다니, 생각지도 못했다.

"신화도 마찬가지야. 그 옛날 사람들이 살았던 시대가 신화를 낳을 수밖에 없었기에 신화가 태어났어. 사람은 사회를 떠나서 살 수 없어. 사회와 자연을 벗어난 사람은 사람이 아니야. 신화도 노래도 모두 시대가 만들어내지."

더는 대들지 않았다. 외삼촌 말이 뜻하는 바를 곱씹고 또 곱씹었다. 다 헤아리진 못했지만 내 안에서 꿍하고 뭉쳤던 바위에 굵은 금이 가는 듯했다. 나스카를 다녀오면서 외삼촌에게 들은 말은 내 세계관을 크게 뒤흔들었다.

나스카 지상화를 본 뒤엔 옛날 잉카제국 서울인 쿠스코로 갔다. 쿠스코는 해발 3000미터에 자리 잡은 도시라 외삼촌은 내가 고산병으로 괴로움을 겪을까 봐 걱정했는데, 나는 어찌된 일인지 몰라도 도시를 막 돌아다녀도 아무렇지 않았다. 아무리 봐도 나는 여행에 딱 맞는 체질인 듯했다. 쿠스코가 잉카제국 서울이었다고 하기에 잉카제국 흔적이 많을 줄 알았는데, 식민지를 지배했던 스페인식 건축물이 많아서 조금 실망했다. 쿠스코에 오면 관광객들이 꼭 들른다는 잉카제국 시기 쌓은 석벽은 그나마 내 아쉬움을 달래

주었다. 철기도 쓸 줄 모르고, 라마 빼고는 큰 가축도 없던 잉카인들이 거대한 돌이 서로 딱딱 들어맞게 깎아서 쌓아올렸다니 도저히 믿어지지 않았다. 쿠스코는 리마와 달랐다. 리마가 유럽전통 건축물을 갖춘 현대도시라면 쿠스코는 옛 모습이 많았다. 사람들 살빛도 달랐고, 풍기는 기운도 훨씬 정겨웠다.

그런데 쿠스코를 다닐 때 외삼촌은 유별나게 전화 통화를 많이 했다. 통화는 늘 스페인어였다. 나는 스페인어는 인사말 빼고는 몰랐기 때문에 외삼촌이 무슨 말을 하는지 전혀 알아듣지 못했다. 말뜻은 몰랐지만 말투에서 묻어나는 긴장감은 고스란히 느껴졌다. 외삼촌은 무엇을 찾고 있었다. 한 번은 외삼촌에게 무엇을 그리 찾느냐고 물었지만 외삼촌은 내 머리를 쓰다듬더니 내 입을 외삼촌 집게손가락으로 가렸다.

"민지야, 사람은 몰라야 할 때가 있고 몰라야 할 것이 있어."

그때 외삼촌과 함께 호텔 레스토랑에 간 일이 퍼뜩 떠올랐다.

"그, 비싼 레스토랑에서 만난 사람이 무엇을 찾아달라고 했죠?"

외삼촌은 오른쪽과 왼쪽 집게손가락을 모아서 가위표를 만들었다.

"너는 마음 놓고 여행을 즐겨. 그러면 돼. 알았지? 더는 묻지 말고. 그래야 너에게도, 나에게도 좋아."

나는 그 뒤로 더는 묻지 않았다.

쿠스코에서 며칠 머문 뒤 우리는 페루를 찾는 외국인 관광객들이 나스카와 함께 꼭 찾는다는 마추픽추로 향했다. 아니 정확히 말하면 마추픽추 쪽으로 가는 열차를 탔다. 열차에 탄 사람들이 다들 마추픽추라는 말을 입에 올리기에 나도 우리가 마추픽추로 가는 줄 알았다. 외삼촌은 나와 다니면서 어디로 가는지, 왜 가는지 말해준 적이 없다. 외삼촌은 말없이 나를 이끌었고, 나는 외삼촌 뒤를 따르기만 했다. 조금 답답하긴 했지만 외삼촌을 믿었기에 나는 묻지 않았다. 외삼촌이 말하고 싶지 않은데 굳이 따져 묻기도 귀찮았다. 잠잠하던 귀차니즘이 다시 속에서 꿈틀거렸다.

마추픽추로 가려면 갈아타야 하나 보다. 기차에 탄 거의 모든 사람이 내려서, 그곳이 마추픽추로 가려면 반드시 거쳐야 하는 기차역임을 알았다. 그런데 외삼촌은 사람들이 다들 가는 마추픽추 쪽으로 올라가지 않았다. 기차역 앞에서 어떤 사람을 만나더니 사륜구동 차를 빌렸다. 외삼촌은 나를 옆에 태우고 차를 몰았다. 내몽골에서도 겪은 일이기 때문에 나는 말없이 옆에 앉아서 앞만 봤다. 차는 처음에는 반듯한 도로를 달리다가 점차 구불구불한 길로 접어들었다. 외삼촌은 아무 말 없이 쫓기는 사람처럼 차를 몰았다. 긴장한 기색이 뚜렷했다. 저렇게 여유를 잃은 모습은 여행길에서 처음이었다. 외삼촌이 긴장하는 모습을 보고 혹시나 하는 마음에 뒤를 돌아보았다. 누가 따라올지도 모른다는 걱정이 들었다. 그러나 따라오는 차는 없었다. 차가 조금 심하게 흔들릴 즈음에 까무룩 잠이 들었다.

06

# 비라코차_천지창조와 새롭게 태어난 나

외삼촌이 나를 흔들었다. 눈을 떴다. 차는 좁은 빈터에 멈췄다. 외삼촌이 배낭을 메라고 해서 부랴부랴 배낭을 챙기고 차에서 내렸다. 저 멀리 눈 덮인 산이 보였는데, 내가 걷는 곳은 그리 춥지는 않았다. 산을 굽이굽이 돌며 휘감은 돌길이 끝없이 펼쳐졌다. 돌길을 가만히 살펴보니 오늘날 놓은 길이 아니었다. 적어도 몇 백 년은 된 길처럼 보였다.

"잉카제국 때 만든 길이야. 아직도 이런 길이 안데스 산맥 곳곳에 펼쳐져 있어. 그래서 많은 이들이 이 길을 따라서 걷지."

둘레를 보니 걷는 사람들이 꽤 있었다. 설마 잉카인들이 만든 길을 모조리 걷지는 않겠지? 외삼촌은 내 걱정을 눈치 챘는지 오랜만에 빙그레 웃었다.

"걱정 마. 30분만 걸어가면 돼."

정말 딱 30분이었다. 외삼촌은 넓은 터에 텐트가 가득한 곳에 멈췄다. 그때 마침 해가 뉘엿뉘엿 지고 있었다. 텐트촌에는 많은 사람들이 있었는데, 외삼촌은 마치 오래된 친구를 만난 듯 반갑게 인사를 나눴다. 얼굴이나 말을 보니 여러 나라 사람이었다. 외삼촌은 그들에게 나를 소개해주지도 않았다. 그냥 즐겁게 웃고 떠들며 내가 알아듣지도 못하는 말로 이야기를 나눴다.

저녁은 그 사람들이 해 주는 음식을 먹었다. 고기는 없었는데, 무슨 요리인지 알지도 못한 채 먹었다. 배가 고파서 먹기는 했지만 우리나라를 떠난 뒤 먹은 음식 가운데 가장 맛이 없었다. 저녁을 먹고 나니 몸이 축 처졌다. 정말 힘들었다. 외삼촌이 텐트 한 곳을 잡아 주었다. 텐트는 생각보다 깔끔했다. 텐트에 들어가자마자 씻지도 않고 침낭을 뒤집어쓰고 곯아떨어졌다.

* * *

빛은 한 줄도 없었다. 그저 어둠뿐이었다. 그 어디를 봐도 빛이 보이지 않았다. 발밑이 흔들렸다. 물이었다. 맨발이었기에 물을 그대로 느꼈다. 그런데 땅이 아니었다. 내 몸은 물속으로 빠져들지 않았다. 나는 겁이 나서 발을 움직이지 못했다. 오른발은 그대로 둔 채 왼발로 둘레를 더듬어 보니 물밖에 없었다. 용기를 내어 왼발을 살짝 내딛었다. 발이 물에 빠지지 않았다. 오른발도 옮겼다. 마찬가지로 빠지지 않았다. 처음에는 느리게 발을 내딛었으나 차츰 빨리 움직였다. 아무리 돌아다녀도 발은 늘 물 위였다. 오랫동안 돌아다녔지만 시간은 느낄 수 없었다. 아니 시간이 없었다. 물은 움직이지 않고 고요히 그대로였다. 처음에는 아무 생각이 없었으나 단단한 땅을 딛고 싶은 마음이 일었다. 마음이 일자 물이 움직였다. 물이 서서히 움직였다. 내가 움직이는 곳마다 물결이 일었다. 그렇게 없던 시간이 생겨났다.

땅을 어떻게 만들까? 생각보다 몸이 먼저 움직였다. 허리를 숙여 물을 한 움큼 쥐었다. 물에 입김을 불어넣었다. 물이 하늘로 흩어졌다. 물은 하늘에서 단단한 땅으로 바뀌며 물 위로 떨어졌다. 그러기를 몇 번 거듭했다. 마침내 단단한 땅이 만들어졌다. 땅에 올라섰다. 발밑이 단단하니 마음이 놓였다. 땅이 얼마나 되는지 알아보려고 땅과 물이 만나는 곳을 쭉 따라 걸었다. 얼마나 오래 걸었는지는 잘 모르겠다. 나는 가장 먼저 발을 내딛었던 땅으로 돌아왔다. 볼 수는 없었지만 내가 처음 내딛은 발길이 찍힌 곳임을 알아차렸다. 어떻게 알아차렸는지는 나도 몰랐다.

나는 내가 만든 땅을 보고 싶었다. 빛을 만들고 싶었다. 그때 몸 안에서 뜨거운 기운이 일었다. 배에서 일어난 뜨거운 기운은 거세게 휘몰아쳤다. 배를 손으로 만졌다. 너무 뜨거워 손을 그대로 두지 못하고 얼른 뗐다. 배가 불에 타는 느낌이었다. 아니 진짜로 불이 배 속에서 타고 있었다. 그대로 있다간 죽을 듯했다. 몸을 크게 뒤로 젖힌 다음 있는 힘껏 기침을 했다. 배에 있던 뜨거운 기운이 식도를 타고 위로 올라왔다. 이젠 가슴이 뜨거웠다. 다시 한 번 몸을 뒤로 젖혔다가 모든 힘을 쥐어 짜서 기침을 했다. 뜨거운 기운이 위로 솟구치더니 목구멍까지 밀고 올라왔다. 마지막으로 한 번 더 세차게 기침을 하자 엄청난 불덩이가 내 입에서 튀어나와 하늘로 치솟았다.

마침내 해가 하늘에 떴다. 땅과 물만 있는 누리가 눈에 들어왔다. 나는 가만히 서서 해가 비추는 땅과 물 위를 거닐었다. 재미있었다. 그런데 지나치게 뜨거웠다. 아주 가볍게 입으로 바람을 일으켰다. 해가 움직였다. 해가 뜨고, 해가 지기를 거듭하자 하루가 생겼다. 해가 있을 때는 재미있는데 없을 때는 무척 심심했다. 가끔은 빛이 어둠을 물리쳐주면 좋을 듯했다. 흙을 한 움큼 쥐고 난 뒤, 하늘에 뜬 해에서 빛을 몇 가닥 떼어다가 흙에 심었다. 그러고는 하늘로 힘껏 던졌다. 마침내 밤하늘에 달이 생겼다. 낮에는 해가, 밤에는 달이 뜨니 참 보기 좋았다.

해와 달을 즐기던 나는 구름과 비와 강을 만들었다. 땅과 물속에 온갖 식물이 자라게 하고, 그 식물을 먹고 크는 동물도 지어냈다. 정말 보기 좋았다. 그런데 입이 근질근질했다. 누구와 말하고 싶은데 말을 나눌 만한 이가 없었다. 나는 땅에서 큰 돌을 하나 골라냈다. 돌을 다듬었다. 머리를 만들고 몸을 만들었다. 괜찮아 보였다. 모양을 다 만든 뒤 코에 대고 부드러운 바람을 불어넣었다. 마침내 사람이 나타났다. 나는 신이 나서 돌로 여러 사람을 지어냈다. 사람들은 곧 마을을 이루고 물고기와 식물을 먹으며 퍼져나갔다. 나는 가끔 그들과 어울려 말을 나누고, 그들이 하는 말을 들었다. 심심하지 않아서 좋았다. 그렇지만 내가 만든 땅이 그들 때문에 망가졌다. 그들은 지나치게 몸이 무거웠다. 몸이 무겁다 보니 땅이 파였고, 한 번 발을 내딛은 곳마다 식물들이 자라나질 못했다. 돌 몸을 한 그들은 죽지도 않아서 땅을 가득 채웠다. 이대로 두면 다른 모든 생명들도 죽고, 돌사람들도 먹을거리가 떨어져 모두 죽을 수밖에 없었다.

안타깝지만 내가 만든 돌사람을 없애야 했다. 하늘에 구름을 잔뜩 불러 모았다. 그러고는 한꺼번에 있는 대로 비를 쏟아 부었다. 엄청난 홍수가 온 땅을 휩쓸었다. 몸이 무거운 돌사람들은 불어난 물에서 살 수가 없었다. 돌사람은 모조리 죽어 사라졌다. 나는 죽어간 돌사람들을 떠올리며 눈물을 흘렸다. 내가 흘린 눈물 두 방울이 땅에 떨어졌다. 땅에 떨어진 눈물이 꿈틀거리며 움직였다. 움직임은 점점 커졌고, 둘레로 흙이 모여들었다. 마침내 돌사람과 똑같은 모양을 한 사람 둘이 나타났다. 나는 그들을 어루만졌다. 살결이 부드러웠다. 가벼웠다. 무엇보다 돌사람보다 훨씬 아름다웠다. 마음에 들었다.

나는 여러 사람을 만들고 싶었다. 그러나 눈물이 나지 않았다. 아름다운 사람들 때문에 기쁨이 가득했기 때문이다. 하는 수 없이 내 몸에서 피를 뽑았다. 핏방울을 땅에 떨어뜨려 사람들을 만들었다. 나는 만들 때마다 겉모습을 다르게 하고 얼굴빛도 조금씩 다르게 했다. 그들에게 각기 맞는 옷을 입히고, 장식을 했다. 참 좋았다.

그들은 처음에 한 데 모여 오순도순 살았지만, 각기 다른 모습이었기에 다투기 시작했다. 나는 다툼이 싫었다. 그렇다고 그들을 없앨 수는 없었다. 나는 그들을 다른 곳에 살게 해야겠다고 마음먹었다. 그렇지만 그들을 그냥 내쫓을 수는 없었다. 나는 그들을 아꼈다. 어떻게 할까 하다가 내가 그들을 이끌고 가기로 했다. 나는 한 몸인데 그들은 많았다. 생각 끝에 내 몸을 나누기로 했다.

나는 내 안에 기운을 불러 모았다. 그 기운을 둘로 나누었고 따로 따로 내보냈다. 오른쪽으로 내보낸 이를 '이마이마나 비라코차'라 불렀고, 왼쪽으로 내보낸 이를 토카포 비라코차라 불렀다. 나는 두 비라코차에게 사람들을 이끌고 알맞은 곳에 가서 살게 하라고 시켰다. 이마이마나 비라코차는 사람들을 이끌고 땅 안쪽으로 들어가게 했고, 토카포 비라코차에게는 물가를 따라 가도록 했다. 둘은 내가 시키는 대로 움직이면서 사람들을 알맞은 곳에 머물게 했다. 마침내 모든 사람이 각기 알맞은 곳에 자리를 잡은 뒤 나는 내가 할 일이 끝났음을 알았다.

나는 이마이마나 비라코차와 토카포 비라코차를 불러들였다. 나는 둘과 함께 물 위에 섰다. 사람들은 나를 배웅하러 나왔고, 하염없이 눈물을 흘렸다. 그들은 무릎을 꿇고 "비라코차"란 말을 거듭 되풀이했다. 비라코차는 내 이름이었다.

"때가 되면 밝은 빛과 함께 내가 다시 나타나리니, 그때 두 손과 두 발을 모두 땅에 대고 나를 맞이하라."

사람들을 뒤로 하고 나는 이마이마나 비라코차, 토카포 비라코차와 함께 물 위를 걸어 사람들에게서 멀어졌다. 몸이 두둥실 떠올랐다. 몸이 가벼워지며 하늘로 솟구쳤다. 저 아래로 호수가 보였다. 내가 처음 태어난 호수, 티티카카 호수였다.

"티티카카"

"비라코차"

나는 하늘로 치솟으며 잇따라 중얼거렸다. 마침내 빛이 사라지고, 어둠마저 사라졌다.

* * *

눈을 떴다. 몸이 부대꼈다. 좋은 호텔에서 자다가 텐트에서 자고 나니 몸이 개운하지 않았다. 기지개를 켰다. 텐트 안은 깔끔했다. 부드러운 햇살이 손바닥을 간질였다.

"비라코차."

나도 모르게 중얼거렸다. 꿈이 모두 떠올랐다.

"내가 비라코차였어. 그런데 비라코차가 누구지? 한 번도 들은 적 없는 이름인데."

그때 텐트가 열리며 외삼촌이 들어왔다.

"잘 잤니?"

잘 잤다고 말하고 싶었지만, 잘 잤다고 말하기가 애매모호했다. 꿈은 아주 길었고, 꿈 때문에 깊이 잠들지 못했다. 그렇다고 힘든 꿈은 아니었다.

"잠자리가 안 좋았어?"

"아~뇨. 그냥 꿈을 꿔서……."

"악몽이라도 꿨니?"

외삼촌이 걱정스럽게 물었다.

"아뇨. 그렇진 않은데……, 꿈에 제가… 비라코차가 되었거든요."

"정말?"

외삼촌은 깜짝 놀라더니 내게 바싹 다가들었다.

"정말 비라코차를 만났단 말이야?"

"아뇨. 비라코차를 만난 게 아니라 제가 비라코차였다고요."

"그 말이 그 말이야. 대단하네."

나는 어리둥절했다.

"꿈을 꾸었을 뿐인데 뭐가 대단하죠?"

"비라코차는 잉카제국 신화에 나오는 창조신이야. 잉카인들이 만든 길을 걷다 보면 가끔 비라코차 꿈을 꾸는 사람들이 있어. 몇몇 사람들이 신비한 경험이었다고 하도 말을 많이 해서 나도 비라코차를 꿈에서 만나길 간절히 바랐지만 한 번도 만나지 못했어. 그런데 너는 오자마자 바로 비라코차를 만났으니, 아무래도 네가 나보다 신에게 더 가까이 간 모양이다."

외삼촌은 몹시 부러운 얼굴빛이었다.

외삼촌은 잉카인들에게 전해 내려오는 비라코차 신화를 들려주었다. 그런데 내가 꿈에서 한 일과는 달랐다. 엇비슷한 점도 있었지만 아주 다른 점도 많았다. 나는 외삼촌에게 내가 꿈에서 겪은 이야기를 들려주었다.

"사람마다 꿈에서 겪은 이야기는 달라. 그럼에도 같은 점은 몇 가지 있지. 처음은 늘 티티카카 호수이고, 처음 만든 사람을 없앤 뒤에 새로운 사람을 만들고, 새로운 신 둘을 만들어 사람들을 알맞은 곳에 가서 살게 하고, 마지막으로 셋이 떠나면서 꼭 돌아온다고 말해. 이 점은 다 똑같아. 왜 그런지 모르지만 내가 들은 이야기는 다들 그래."

나는 많은 사람들이 닮은 꿈을 꾸었다는 말을 믿기 어려웠다.

"비라코차가 온 누리를 만들었다는 이야기, 신화 아닌가요? 신화인데 어떻게 많은 사람 꿈에 똑같이 나타날 수가 있죠? 더구나 저는 잉카 신화는 들어 본 적도 없어요."

"내가 말했잖아. 신화는 가짜나 거짓이 아니라고."

헷갈렸다. 머리가 어지러웠다. 외삼촌도 신화는 상상으로 지어낸 이야기라고 하지 않았던가? 진실을 밑바탕 삼아 지어냈다고 해도 어떻게 내 꿈에 비라코차가 다른 사람 꿈과 닮은 꼴로 나타날 수가 있을까? 정말 비라코차가 있었을까? 정말 꿈에서 말한 대로 이마이마나 비라코차, 토카포 비라코차와 함께 때가 되면 밝은 빛과 함께 다시 나타날까? 머리가 뒤죽박죽이었다.

"사람들은 궁금증이 참 많아. 우리보다 아는 게 적었던 옛날 사람들은 우리보다 궁금증이 더 컸겠지. '이 세상과 사람이 어디서 왔는지'가 가장 궁금했고. 그래서 우주와 땅과 바다와 생명이 어디에서 비롯하였는지 알고 싶었고, 나름 세상을 살피면서 그 처음을 지어냈어."

"전 궁금증이 별로 없어요."

나는 뭘 알고 싶은 생각이 없다. 모르는 걸 아무리 배워도 기쁘지 않다. 호기심과 궁금증은 사람이 지닌 본성이라는데, 나에겐 그런 본성이 없으니 아무래도 나는 사람이 아닌지도 모르겠다.

"그렇지 않아. 너에게도 궁금증은 많아. 다만 알로 머물러 있어서 깨어나지 못했을 뿐이야. 옛사람들은 우주가 생기기 전에는 알이었다고 많이 상상했어. 새가 알에서 태어나듯, 이 세상도 알에서 태어났다고 여겼지. 알은 엄청난 가능성을 지녔지만, 깨어나지 않으면 아무것도 아니야. 네 안에 깃든 호기심이 깨어나면, 그 알이 깨지면, 거인처럼 엄청나게 큰 호기심으로 자랄 거야."

내 안에도 호기심과 궁금증이라는 알이 있을까? 그 알이 깨어나서 거인으로 자랄 수 있을까?

"천지창조 신화 가운데는 거인이 많이 나와. 중국 신화에서는 거인 반고가 있었는데 알 속에 잠들었던 반고가 크면서 알이 커지고, 그 알이 땅과 하늘로 나뉘어. 나중에 반고가 죽으면서 그 몸 곳곳이 바람, 우레, 해, 달, 산, 강, 땅 등이 되었다고 해. 바빌로니아 신화에서는 거인 타아마트가 젊은 신들에게 죽임을 당한 뒤 그 몸이 갈기갈기 쪼개져 온 누리가 되었다고 하고. 인도 신화에서는 거인 푸르샤가, 게르만 신화에서는 거인 위미르가 살해당한 뒤 이 세상이 만들어졌다고 해."

"거인이 죽어서 세상이 만들어졌다는 이야기가 그렇게 많아요? 옛날에는 다 떨어져 살아서 서로 오가지도 못했을 텐데 비슷한 생각을 하다니 놀랍네요."

"놀랍긴 하지만 가만히 따져보면 그리 놀랄 일도 아니야. 온 누리는 엄청나게 커. 생명도 가득해. 이렇게 엄청나게 큰 곳에 생명이 가득하려면 처음에는 아주 큰 존재가 있어야 한다고 생각할 수밖에 없어. 생명은 낳고 자라고 죽으면서 끊이지 않고 돌아가며 이어지지. 거인이 죽고 새로운 생명이 나왔다는 신화는 바로 생명이 낳고 자라고 죽는 자연스러움을 그대로 담았어."

외삼촌 말을 듣고 보니 옛사람들이 참 지혜롭다는 생각이 들었다. 과학으로 따지면 틀리지만, 신화에 담긴 지혜만큼은 오늘날 사람들보다 나은 점이 있었다. 요즘 사람들은 생명을 부수고, 땅과 물을 더럽히는 짓을 서슴없이 저지른다. 생명이 서로 지탱하며, 태어나 자라고 죽으며 끝없이 이어지는 틀을 깨뜨린다. 이는 자연이 지닌 아름다우면서도 놀라운 틀을 망가뜨리는 어리석은 짓이다. 어쩌면 오늘날 사람들은 과학은 알지만, 옛사람보다 훨씬 더 멍청한지도 모르겠다.

"신화에서는 태초 상태를 혼돈이나 물로 보는 경우가 많아. 세상이 완벽하게 혼돈인 상태, 뒤죽박죽인 상태에서 첫 거인이나 신이 나타나고, 그로부터 세상이 만들어지지. 몽골 신화에서는 처음엔 세상이 물이었는데 새 한 마리가 날아와 알을 낳으려고 제 깃털을 뽑았고, 그 깃털에 먼지가 쌓이면서 땅이 생겼으며, 새가 낳은 알에서 온 생명이 비롯되었다고 해. 이집트 신화에서는 태초에 혼돈에 잠긴 물인 '눈'이 있었는데, 눈에서 아툼이 태어나고, 아툼에서 공기, 증기, 하늘, 땅 등을 상징하는 신들이 태어났다고 전해져. 그리스 신화에서도 태초는 혼돈 상태였는데 거기서 신들이 태어나면서 땅과 하늘이 나뉘고 만물이 살아난다고 하지."

신화에서 세상은 혼돈에서 질서로 나아간다. 그 반면에 나는 살면 살수록 더 혼돈으로 빠져드는 느낌이다. 혼돈에서 벗어나려면 어떻게 해야 할까? 신이 나타나 내 혼돈을 빨리 사라지게 하면 좋겠다.

"처음이 있어야 사람도 있어. 그래서 맨 처음 사람 이야기도 신화에서 빠지지 않아. 주로 신이 사람을 만드는데, 그리스 신화에서는 프로메테우스가 흙으로 사람을 만들어서 숨결을 불어넣고, 북유럽 신화에서는 오딘을 비롯한 신들이 물푸레나무로 남자를, 느릅나무로 여자를 만들지. 수메르 신화에서는 신이 흘린 피로 사람을 만들었던 이야기도 있고, 흙으로 사람을 만들었던 이야기도 있어. 중국 신화에서는 여신 여와가 진흙으로 사람을 만들기도 하지만, 거인 반고 몸에 있던 벌레가 신이 되었다는 이야기도 있어.

그밖에도 식물이나 동물, 동굴 속에서 사람이 태어난 이야기도 있고, 알에서 태어난 신화도 많아. 재미난 점은 꼭 중간에 한 번 신들이 못된 사람들을 홍수로 몽땅 쓸어버려, 사람들이 거의 다 죽고 착한 사람 한 쌍만 남아서 다시 인류 조상이 돼."

"흙으로 사람을 만들었다는 말은 그럴 듯해요. 사람이 죽으면 흙이 되니까. 과학으로 따져 보아도 사람 몸이 흙에서 왔다고 봐야 하잖아요. 그렇지만 홍수가 나서 사람이 거의 다 죽고, 한 쌍만 남은 뒤에 인류가 퍼졌다는 이야기는, 말이 안 돼요. 그러면 생물들이 다양하지 못하고 저항력이 약해져서 이렇게 많은 사람으로 번질 수 없었어요."

나는 내가 말을 해 놓고도 화들짝 놀랐다. 학교에서 배운 지식은 써 먹을 곳이 없다고 여겼는데 나도 모르게 어렵게 느꼈던 생물 지식을 썼기 때문이다. 나는 나에게 놀랐는데, 외삼촌은 나를 도리어 핀잔을 주었다.

"어휴, 과학이라는 창문으로만 보지 말고 다른 창문으로도 보라니까."

외삼촌은 또 창문을 입에 올렸다. 다른 창문이라니, 참 어렵다.

"고대 문명은 거의 다 강가에 자리해서 농사를 지으며 커나갔어. 강가에 자리한 도시는 홍수가 일어나면 많은 사람이 죽고, 심하면 도시가 아예 사라지기도 해. 그때 사람들이 그런 일이 왜 일어났다고 생각하겠어? 못된 사람들을 벌주려고 신이 홍수를 일으켰다고 믿을 수밖에 없지. 살아남은 이들은 아주 착하다고 믿고. 그 착한 사람들이 우리 조상이야. 살아가는 우리는 착한 조상을 두었고, 착한 조상 피를 이어받았으니 착하게 살아야 하고, 그렇게만 살면 더는 신에게 벌을 받지 않을 거라고 믿었던 거야. 겪었던 일, 믿고 싶은 마음, 이루어지길 바라는 간절함이 신화로 태어났어. 내가 누누이 말하지만 그래서 신화는 진짜와 가짜라는 틀로만 보면 안 돼."

처음엔 아니다 싶다가도 외삼촌이 풀어주면 신화가 참 그럴싸하게 들린다.

"내가 아는 아주 멋진 신화가 있는데 한 번 들어 봐."

외삼촌 눈빛이 반짝반짝 빛났다.

"시간도 없는 시간에, 공간도 없는 공간에, 알이 있었어. 알은 시간이 없으니 얼마나 오래 있는지 모르고, 공간이 없으니 얼마나 큰지도 몰라. 알에서 무엇이 꿈틀했어. 알이 꿈틀하자 시간이 생겼고, 공간이 생겼어. 아직은 공간도 비좁고 시간도 아주 느리게 흘렀어. 알 안에서 일어난 몸짓은 시간과 공간을 느끼자 더는 그대로 있을 수 없었어. 정말 답답했거든. 그래서 힘차게 기지개를 켜. 알은 깨지고 그 안에서 공기와 물과 흙과 불을 품은 거인이 깨어나. 거인은 제 안에 깃든 빛, 물, 흙, 불을 담기엔 몸이 작다는 걸 느끼고 힘껏 몸을 부풀려. 그 힘이 어마어마하게 크다 보니 거인이 어떻게 해 볼 수도 없을 만큼 크고 빠르게 커져나갔어. 거인 몸은 서로 멀어졌고 거인 몸 안에 있던 모든 기운은 휘몰아치고 뒤섞여. 시간이 흐르자 거인 몸 안에 있던 공기와 불과 물과 흙은 가까운 기운끼리 뭉쳤지. 해와 달과 땅과 바다가 생겼고, 그 안에 깃든 기운에서 해신과 달신과 땅신과 바다신이 생겼어.

어느 날 바다신은 물만 가득하고 아무것도 없는 빈 바다가 싫었어. 그래서 해신에게서 불을 빌리고 땅신에게서 흙을 빌리고 달신에게서 숨을 빌려서 생명을 만들었지. 생명을 하나 만들고 보니 재미있었어. 그래서 수많은 생명을 지어냈지. 땅신이 보기에 바다신이 하는 일이 재미있고, 생명이 가득한 바다가 부러웠어. 그래서 땅신은 바다신이 만든 생명 몇 개를 훔쳐다 땅에 뿌렸어."

나름 재미있고 그럴듯했다.

"어디 신화예요? 재미도 있지만 그럴 듯해요."

"어디라고 묻지 말고 언제라고 물어야지."

"네?"

나는 외삼촌 말이 무슨 뜻인지 알아차리지 못했다.

"언제 만든 신화일까?"

"아, 글쎄요. 한 2천 년 전?"

"틀렸는데."

"그럼 3천 년 전?"

"뒤로 가지 말고, 앞으로 와."

"아, 그럼 1천 년 전?"

"더 앞으로."

"설마, 500년?"

"더 앞."

"200년?"

"더 앞."

"에이, 그럼 말이 안 돼요. 그때는 과학이 생겼는데."

"맞아! 바로 과학이야."

어이가 없었다. 저런 과학이 어디 있단 말인가?

"내 말을 살짝 비틀면 바로 빅뱅이론과 진화론이 돼."

들어 봤다. 빅뱅이론! 우주가 한 점에서 폭발해서 끊임없이 커지고 거기서 별과 태양과 지구가 생겨났다고 한다. 진화론에 따르면 바다에서 생명이 태어났고, 그 생명이 땅으로 올라온 뒤에 끊임없이 바뀌어 오늘에 이르렀다고 한다. 그러고 보니 외삼촌은 빅뱅이론과 진화론을 살짝 비틀어서 이야기를 풀어냈다. 제대로 당했다.

"이제 알겠지?"

나는 고개를 끄덕였다.

"신화와 과학은 생각보다 닮은 점이 꽤나 많아. 사람이 헤아리기 어려운 일은 아직도 참 많고. 우리가 아는 과학으로만 세상을 봐서는 안 돼. 과학으로 알아낸 지식은 아직도 한참 모자라. 물론 그렇다고 과학을 내팽개치면 안 되지. 과학은 사람이 만든 멋진 창문이니까. 물론 신화도 아직은 꽤 쓸 만한 창문이고 말이야."

외삼촌 말을 뒤집을 만한 논리가 떠오르지 않았기에 나는 다시 고개를 끄덕였다.

"신화 이야기를 하느라 시간이 많이 흘렀네. 어제 씻지도 못하고 잤는데, 나가서 씻어. 나가면 사람들이 씻는 소리가 들릴 거야. 그쪽으로 가면 돼."

외삼촌이 내게 수건을 건넸다. 나는 수건을 받아들고 텐트 밖으로 나왔다. 공기가 약간 서늘했지만 춥지는 않았다. 숨을 깊이 들이마셨다. 맑은 공기가 폐 깊이 들어왔다. 하늘은 맑고 산은 푸르니 절로 마음이 풀렸고, 몸도 가벼워지는 듯했다. 저 멀리 높이 보이는 산에는 흰빛이 어른거렸다. 처음에 구름인 줄 알았는데 가만히 보니 눈이었다. 안데스에서는 겨울과 가을이 함께하고 있었다.

아래쪽에서 사람 소리와 물소리가 들렸다. 수건을 들고 좁은 길을 따라서 내려갔더니, 작은 개울가에 몇몇 사람들이 모여서 씻고 있었다. 몇몇 어른들은 물장구를 치며 놀았다. 다 큰 어른들이 뭐 하나 싶었다. 그들은 다른 사람 눈은 아랑곳 않고 아이처럼 놀았다. 나는 되도록 멀리 떨어진 곳에서 얼굴과 손발을 씻었다.

씻고 올라오니 서너 명이 나무에 불을 지피고 먹을거리를 만들고 있었다. 요리를 하지 않는 사람들은 제각기 할 일을 했다. 그때 한 사람이 크게 노래를 불렀다. 악기는 바닥에 떨어진 돌과 나무 막대기였다. 돌과 돌을 두드리고, 나무로 이런저런 소리 나는 것들을 두들겨 대며 노래를 불렀다. 노랫말은 하나도 알아듣지 못했지만 리듬이 흥겨워서 나도 모르게 흥얼거리며 따라서 읊조렸다. 노래는 아주 길었다. 저렇게 긴 노래가 있을까 싶었다. 가만히 들어보니 제 멋대로 부르는 노래 같았다. 그저 흥에 겨워서 음을 만들고, 노랫말을 붙여서 부르는 노래였다. 재즈 즉흥 연주곡을 몇 번 음반으로 들어본 적은 있지만, 바로 눈앞에서 이렇게 나오는 대로 내뱉는 노래를 들으니 느낌이 남달랐다.

음식이 다 되자 사람들이 몰려들었다. 요리도 가지각색이었는데 사람도 가지각색이었다. 차려진 음식을 보고 처음엔 선뜻 손이 가지 않았다. 거의 다 본 적도 없는 음식이었다. 먹어도 되나 싶은 마음에 두렵기까지 했다. 사람들이 다 모이자 식탁에 빙 둘러 서서 다 같이 손을 붙잡았다. 기도는 아니었다. 잘 알아듣기 힘든 말을 리듬에 맞춰 같이 하였다. 말이 끝난 뒤엔 깊은 침묵이 흘렀다. 다들 눈을 감고 가만히 있었다. 나도 그들처럼 눈을 감았다. 티티카카 호수 물결이 어둠속에서 흔들렸다.

"그라씨아스!"

'고맙습니다'란 스페인어다. 그라씨아스라고 말한 뒤 사람들은 다들 맛있게 음식을 먹었다. 나도 '그라씨아스'라고 말하고 먹으려 했으나 선뜻 손이 가지 않았다. 그나마 괜찮아 보이는 음식을 집어 들었다. 입에 천천히 넣고 씹었다. 낯선 맛이었지만 뜻밖에도 꽤나 맛있었다. 그때부터 낯선 음식을 마음껏 먹었다. 거의 모든 음식을 조금씩 다 먹었는데 고기는 한 점도 없었다.

식사를 다 한 뒤에 나에게 설거지를 하라고 외삼촌이 시켰다. 만약 엄마가 설거지를 시켰다면 어떤 수를 써서라도 안 했겠지만, 외삼촌이 한 부탁이기에 나는 기꺼이 설거지를 하기로 마음먹었다. 그릇을 들고 계곡으로 내려가서 설거지를 했다. 기름기 있는 음식도 없고 남은 음식도 없었기에 설거지는 별로 할 게 없었다. 나와 같이 설거지를 하러 내려간 남자가 뭐라고 끊임없이 떠드는데 무슨 말인지 알아들 수 없어서 그냥 웃기만 했다. 흐르는 물에 그릇을 씻고 행주로 닦은 뒤 차곡차곡 쌓았다. 그릇을 들고 텐트촌으로 올라오니 사람들이 곳곳에 누워 있었다. 그릇을 제자리에 두고 나도 가만히 누웠다. 음악을 들을까 하다가 배터리가 아까워서 음악도 듣지 않았다. 새소리가 들렸다. 무슨 새인지 알면 좋으련만…….

갑자기 한 사람이 일어나 덩실덩실 춤을 춘다. 다들 멀뚱멀뚱 보기만 한다. 그러거나 말거나 춤을 춘다. 외삼촌이 일어나더니 같이 춤을 춘다. 외삼촌은 정말 춤을 못 춘다. 엄마도 몸치인데 삼촌도 마찬가지다. 그러거나 말거나 외삼촌은 거리낌이 없이 춤을 춘다. 창피하다. 남들 눈도 생각 않는 외삼촌을 뜯어 말리고 싶다. 한두 명씩 일어나더니 같이 춤을 춘다. 노래도 없고, 악기도 없는데 춤을 춘다. 누워 있던 사람 가운데 한 명이 어디서 났는지 북을 들고 나온다. 북소리가 나자 나머지 사람들도 모두 일어나 뛰고 소리를 지른다. 꼭 원시 부족들이 모여 춤을 추는 분위기다. 구경꾼은 나밖에 없다. 외삼촌은 그런 나에게 눈짓 한 번 주지 않고 춤을 즐긴다. 외삼촌뿐 아니라 아무도 내게 뭐라 하지 않는다. 나를 흘깃 쳐다보는 사람조차 없다. 처음엔 그게 눈치가 보였지만, 점점 마음이 놓인다. 문득 일어나서 움직이고 싶다.

일어난다. 시키지 않아도 내 몸이 저절로 움직인다. 발을 뗀다. 북소리에 맞춰 발을 움직인다. 노래방에서도 얌전히 앉아 노래만 부르던 내가 북소리에 맞춰 춤을 춘다. 터놓고 말해 춤이라고 부르기 민망한 몸짓이다. 나도 내 춤 솜씨를 알기에 다른 사람을 따라 추려고 둘러본다. 누구를 따라하지? 아무도 똑같이 추지 않는다. 심지어 박자도 제각각이다. 같은 소리를 내는 사람도 없다. 따라할 사람이 없다. 똑같이 따라할 사람이 없다. 모두가 제 몸과 흥에 따라 움직인다. 낯설다. 어색하다.

그러다 나도 내 몸이 내는 소리에 귀를 기울인다. 그냥 움직인다. 소리가 이끄는 대로 움직이는 내 몸을 그대로 내버려 둔다. 물이 낮은 곳을 찾아 흐르듯, 바람이 열기를 품고 하늘로 오르듯 그대로 내맡긴다. 잠깐 내가 잘 추는지, 다른 사람이 나를 어떻게 볼지 걱정하지만 아무도 나를 보지 않기에 나도 남을 잊는다. 가끔 눈길이 마주치는 사람은 그냥 제 멋에 홍겨워 눈길을 줄 뿐 내게 아무런 감정을 주지 않는다.

팽팽하게 당긴 끈이 툭 끊어지듯 내 마음에 갑작스럽게 자유가 찾아온다. 나는 북소리에 맞춰 내 몸을 흔든다. 몸이 마구 요동친다. 바위를 만나면 바위를 휘감고, 산을 만나면 산을 타고 넘고, 폭포를 만나면 미친 듯이 소리를 지르며 떨어진다. 몸이 폴짝폴짝 뛴다. 손이 하늘 끝을 찌른다. 다리가 구름을 타고 난다. 창피 따윈 내 마음 어디에도 없다. 아니, 마음이 아예 없다. 마음이 사라지자, 내가 사라지고, 나는 있는 그대로 내가 된다.

땀이 흐른다. 온 몸이 흥건히 젖는다. 몸 안에 가득 담겼던 찌꺼기가 모조리 빠져 나간다. 시원하다. 해방이다. 기쁘다. 기쁨이 넘쳐흐른다. 흥에 겨워 소리를 지른다. 마음껏 소리를 지른다. 이제껏 단 한 번도 질러 본 적 없는 소리를 지른다. 재니스 조플린처럼 소리를 지른다. 여성이라는 벽을 깨부수기 위해, 못났다는 비웃음을 깨부수기 위해. 온 몸을 긁으며 냈던 재니스 조플린처럼, 자유를 위해 몸부림친 재니스 조플린처럼, 나도 온 몸을 흔들며 소리를 지른다. 다른 소리들이 귀를 파고든다. 다른 이들 입에서 나온 소리다. 그 소리들이 내 몸과 같이 울린다. 더 큰 소리를 지른다. 수많은 사람이 지르는 소리가 제각기 빛깔을 띠고 안데스 산맥을 두드린다.

갑자기 북소리가 뚝 끊긴다. 북을 치는 사람이 땀을 훔치더니, 너털웃음을 터트리고는 북을 내려놓고 골짜기로 뛰어간다. 다른 사람들도 골짜기로 뛰어간다. 나도 뛰어간다. 다들 옷을 입은 채로 물로 뛰어든다. 외삼촌도 뛰어든다. 나도 몸을 날린다. 싸늘한 물이 시원하다. 신나게 물장구를 치고 뒹군다. 웃음이 끊이지 않는다. 나는 우리말로 말한다. 옆 사람은 스페인어라 말하고, 그 옆 사람은 독일어로 말한다. 제각기 타고난 나라 말을 내뱉어도 다 느껴진다. 그 느낌이 살아서 온다. 말뜻은 몰라도 느낌은 통한다. 나는 쉼 없이 떠든다. 모두 제 말을 쓰지만 모두 한 나라 사람처럼 말이 통한다. 진짜 언어다. 15년, 15년 살아오며 처음으로 나는 온전한 내가 된다.

그때 나는 다시 태어난다. 엄마에게서 한 번 태어나고 새로운 나로 거듭 난다. 이제까지 살아온 내가 아닌 아주 다른 내가 된다. 나를 묶던 모든 사슬에서 벗어나 자유가 된다. 영혼이 감옥에서 벗어난다. 그야말로 자유다. 어쩌면 이게 바로 천지창조다. 새로운 내가 태어났으니 말이다. 아니다. 홍수로 낡은 세상이 사라지고 새로운 사람이 새로운 삶을 시작하는 신화라고 해야 맞다. 나는 이제 새로운 사람이다.

나는 자유다. 나는 자유로운 사람이다. 자유, 참~ 좋다!

07

# 잉카_달빛에 물들어 신화가 된 태양의 제국

텐트로 돌아와 옷을 갈아입었다. 외삼촌이 내 텐트로 오더니 잠깐 어디 다녀올 테니 여기 있으라고 했다. 나는 무슨 일인가 싶어 밖으로 나왔다. 텐트촌에 낯선 남자가 서 있었다. 인디오 하면 떠오르는 딱 그런 차림이었다. 문명과 철저히 담을 쌓고 지낸 사람처럼 보였다. 낯선 기운이 내게 넘치던 자유를 아주 빠르게 긴장으로 바꿔버렸다.

“이분하고 잠깐 옆 마을에 다녀올 테니까. 기다려. 오늘 안으로 돌아올 거야.”

문득 무서웠다. 겁이 났다. 혼자 있고 싶지 않았다. 나는 따라가겠다고 했다.

“여기 있는 게 나은데.”

삼촌은 잠깐 망설이더니, 내 얼굴에 깃든 어둠을 찾아내고는 따라오라고 했다.

"보려 하지 말고, 들으려 하지 말고, 기억하려 하지 마. 그게 좋아. 알았지?"

외삼촌은 되지도 않을 요구를 했지만 나는 그렇게 하겠다고 대답했다. 외삼촌 몸에서도 긴장이 느껴졌다. 나도 모르게 몸이 굳었다. 나는 배낭을 메고 외삼촌 뒤를 말없이 따랐다. 인디오 남자와 외삼촌은 한마디도 하지 않고 걷기만 했다.

처음엔 돌길이었는데 점점 돌이 없어지더니 흙과 자갈이 뒤섞인 길이 나타났다. 길은 험했다. 높은 산과 계곡을 끼고 난 위험천만한 길도 지나갔다. 다리가 후들거렸지만 꾹 참고 걸었다.

큰 동굴을 지날 때 인디오 남자가 손으로 절벽 아래를 가리키더니 뭐라고 말을 했다. 외삼촌이 몇 마디 묻더니 배낭을 내려놓고 무릎을 꿇고 그쪽으로 절을 했다. 나는 무슨 일인지도 모른 채 배낭을 내려놓고 같이 절을 했다. 절이 끝나고 우리는 잠시 그곳에서 쉬었다. 시원한 물을 마시니 긴장이 조금 풀렸다.

"저 절벽 아래 수없이 많은 죽은 뼈가 있다고 해. 피사로가 잉카제국을 멸한 뒤에 도망친 잉카제국 후예들이 이곳에서 모조리 학살을 당했나 봐. 그래서 저 아래에는 수많은 영혼들이 떠돌아서, 이곳을 지날 때 슬픈 울음이 끊이지 않는다고 해. 유럽인들이 식민지를 지배하면서 얼마나 못된 짓을 많이 했는지 보여주는 생생

한 증거지."

절벽 아래서 바람이 불었다. 바람이 지나가면서 내는 소리가 마치 애가 우는 소리처럼 들렸다. 바람 소리라고 믿고 싶었지만 외삼촌 말을 듣고 나니 죽은 영혼들이 내는 울음소리처럼 들려서 등에 소름이 돋았다.

우리는 다시 길을 걸었다. 험한 산과 계곡을 지나서 마침내 거대한 절벽 아래에 멈췄다. 절벽 사이로 인디오가 사라졌다. 깜짝 놀랐다. 잘 보니 작은 틈이 있었다. 그냥 보면 틈이 있는지 알 수가 없었다. 그곳에 틈이 있는지 알고 봐도 틈이 잘 보이지 않을 만큼 틈은 교묘히 감춰져 있었다. 바위틈으로 들어가서 좁은 동굴을 한참 지나자 갑자기 맑은 하늘이 펼쳐졌다.

멀리 흰 눈이 쌓인 산이 보이는 넓은 구릉지였다. 곳곳에 바위가 있고, 풀밭도 많았다. 풀밭 곳곳에 양떼와 리마가 한가하게 풀을 뜯어 먹었다. 집이 두 채 있는데 한 채는 흙벽돌에 풀로 지붕을 얹었고, 다른 한 채는 담부터 지붕까지 모조리 돌로만 이루어졌다. 집 둘레엔 내 허리쯤 오는 돌담이 빙 둘러서 밖과 안을 나누었다.

외삼촌은 나에게 돌담 밖에서 기다리라 하고는 돌로 된 집으로 들어갔다. 꽤나 오랫동안 외삼촌은 밖으로 나오지 않았다. 돌아다니다 호기심이 일어 돌담 안까지 들어가 집 가까이 가서 귀를 기울였으나 아무 소리도 들리지 않았다. 허름해 보이는 돌집이었는데 소리가 밖으로 새어 나오지 않을 만큼 단단한 모양이었다. 시계를 보니 두 시간이 지났다. 심심하고 배가 고팠다. 배낭에 싸온 음식을 혼자 먹었다. 그래도 외삼촌은 나오지 않았다. 외삼촌에게 나쁜 일이 생겼을까 봐 갑자기 걱정이 되었다. 돌집 가까이 간 뒤에 문을 밀었다. 열리지 않았다. 온 힘을 짜내어 밀었지만 꿈쩍도 안했다. 손으로 문을 치면서 외삼촌을 불렀다. 무서운 생각이 들었다. 외삼촌에게 나쁜 일이 생겼으면 어떻게 하지? 나는 어떻게 될까? 나는 어떻게 우리나라로 돌아가지?

외삼촌을 목 놓아 부르다가 울음을 터트리고 말았다. 살아오면서 그렇게 서럽게 울기는 유치원 때 못된 친구에게 사탕을 빼앗겼을 때 빼고는 없었다. 처음엔 서서 울다가 나중엔 바닥에 앉아서 서럽게 울었다. 서러움이 복받치자 꺼이꺼이 목 놓아 울었다.

"웬, 울음?"

외삼촌이 나를 빤히 쳐다보았다.

울음을 뚝 그쳤다. 외삼촌이 들어간 문은 그대로 잠긴 채였다. 도대체 외삼촌은 어디로 나왔는지 모르겠다. 외삼촌이 들어간 뒤로 이곳을 돌아다니면서 곳곳을 살폈지만 다른 문은 없었다. 나온 문이 어디인지 물어보려다 외삼촌 얼굴을 빤히 보았다. 갑자기 눈물이 났다. 외삼촌이 정말 반가웠다. 나는 외삼촌을 와락 껴안고 다시 울었다.

"어이구, 우리 조카! 무서웠구나."

외삼촌은 나를 안고 가만히 등을 두드리며 내가 다 울 때까지

기다려 주었다.

외삼촌은 늦었다면서 식사도 하지 않고 곧바로 길을 나섰다. 돌아갈 때는 인디오 남자가 따라오지 않았다. 물어보고 싶은 말이 많았지만 꾹 참았다. 아무 말 없이 걷던 외삼촌이 어떤 동굴을 가리켰다.

"오늘 만난 분 말로는 저 동굴에서 잉카인 조상들이 태어났다고 해."

수많은 사람이 죽었다던 계곡과 얼마 떨어지지 않은 곳이었다.

"저 동굴 이름은 파카리탐보, 새벽을 맞이하는 집, 또는 모든 뿌리가 일어난 곳이란 뜻이야."

외삼촌 입에서 잉카제국 건국 신화가 흘러나왔다.

* * *

피카리탐보 동굴은 햇빛이 들지 않았다. 해가 뜨는 곳에 큰 산이 버티고 있기 때문이다. 큰 산은 아침부터 밤까지 늘 해를 독차지했다. 큰 산은 단 한 번도 해를 양보해주지 않았다. 피카리탐보 동굴은 햇빛이 보고 싶었다. 그래서 비라코차에게 햇빛을 보게 해달라고 간절히 빌었다. 비라코차는 피카리탐보 동굴이 비는 소원을 들어주기로 했다. 어느 날, 큰 산 꼭대기에서 엄청난 불꽃이 뿜어져 나왔다. 불꽃은 하늘 높이 치솟았고 땅을 타고 흘렀다. 불꽃은 여드레 동안 타올랐다. 불꽃이 얼마나 뜨거운지 큰 산을 이루던 바위가 모조리 녹아내렸다. 아흐레 되는 날 불꽃이 수그러들었는데, 큰 산이 낮은 산으로 바뀌었다. 아흐레째 되는 날은 불꽃이 내뿜은 연기 때문에 햇살이 피카리탐보 동굴에 비치지 않았다.

열흘째 되는 날 마침내 피카리탐보 동굴에 햇살이 찾아들었다. 처음 맞이하는 햇살에 피카리탐보 동굴은 기쁨이 한가득 차올랐다. 피카리탐보 동굴은 넘쳐흐르는 기쁨을 덩어리로 만들었고, 그 덩어리들은 동굴 안으로 파고드는 햇살을 받자 사람 모습으로 바뀌었다.

그날 아침 피카리탐보는 여덟 개 기쁨을 덩어리로 만들었고, 그 덩어리들은 각기 여덟 명으로 자라났는데, 남자와 여자가 각각 넷이었다. 남자 이름은 만코, 아우카, 카치, 우추였으며, 여자 이름은 오클로, 후아코, 이파쿠라, 라우아였다. 이들은 피카리탐보 동굴에서 태어난 한 형제였다.

이들은 처음에는 피카리탐보 동굴에서 살았다. 동굴 근처에는 많은 사람들이 살았는데 이들이 잉카인이었다. 잉카인들은 땅이 좋지 못해서 다들 힘들어했다. 큰 산에 여드레 동안 불이 나면서 그 둘레에 있던 비옥한 땅이 망가지고, 물이 줄어들었기 때문이다. 맨 처음 태어난 만코가 다른 형제들을 불러 모았다.

"사람들이 살기 어려우니 우리들이 이들을 도와야 한다. 이곳은 많은 사람들이 살기에 좋지 않다. 그러니 우리가 이들을 이끌어 새로운 땅을 찾아 떠나자."

잉카인들은 이들을 따라 사람이 살기 좋은 땅, 농사짓기 좋은 기름진 땅을 찾아 떠나기로 하였다. 떠나기로 한 날 아침, 만코는 피카리탐보 동굴에서 떠오르는 태양을 보며 앉아 있었다. 만코는 스스로가 태양빛을 받아 태어난 사람임을 알고 있었다. 만코는 태양을 보며 아버지라고 불렀다. 그때 뜨거운 햇살이 만코를 향해 날아들더니 만코 앞에서 뱅글뱅글 돌았다. 빠르게 돌던 빛은 점점 황금빛으로 바뀌었고, 빛이 사라진 자리에 황금 지팡이가 생겨났다. 만코는 크게 절을 하며 황금 지팡이를 집어 들었다.

만코는 잉카인들을 이끌고 길을 떠났다. 많은 잉카인들이 다 같이 살 만한 땅을 찾기는 쉽지 않았다. 한 번은 사람이 살기에 아주 좋은 곳을 찾았다. 만코 마음에 딱 드는 땅이었다. 잉카인들도 다들 좋아했다. 그곳에서 만코는 첫 여성인 오클로와 결혼을 했고, 곧 신치로카란 사내아이도 낳았다. 그러나 그곳은 많은 잉카인들이 살기에는 알맞지 않았다. 곡식을 심으면 조금밖에 나지 않았고, 물도 적어서 잉카인들은 늘 물과 식량을 아끼며 살아야 했다.

어떻게 할까 궁리하던 만코는 황금 지팡이를 들고 들로 나갔다. 그러고는 황금 지팡이로 땅을 찔러 보았다. 말랑말랑해 보이는 땅을 황금 지팡이로 찔렀음에도 황금 지팡이는 전혀 들어가지 않았다. 그러자 만코는 황금 지팡이가 제대로 꽂히는 곳이 바로 사람들이 머물러 살 곳임을 알았다. 황금 지팡이는 아버지 태양신이 좋은 땅을 찾아낼 수 있도록 만코에게 준 선물이었다.

만코는 잉카인들을 이끌고 다시 길을 떠났다. 좋은 곳을 찾기는 쉽지 않았다. 괜찮다 싶으면 이미 다른 사람들이 살고 있었다. 먼저 자리를 잡고 살던 사람들은 만코가 이끄는 잉카인들을 좋아하지 않았다. 혹시라도 잉카인들이 힘으로 자신들을 내쫓고 그곳을 차지할까 봐 무서워했다. 그럴 때마다 만코는 두려움에 떠는 사람들을 만나 참마음을 전했다.

"우리는 결코 당신들을 공격하지 않습니다. 우리는 평화를 사랑합니다. 우리는 서로 도우며 함께 살기를 바라지, 당신들을 내쫓고 우리만 잘 살기를 바라지 않습니다."

만코는 참마음으로 말했고, 사람들은 만코를 믿었다.

그러나 형제 가운데 카치는 만코가 하는 방식이 마음에 안 들었다. 카치는 싸움을 잘했다. 돌을 잘 던지고, 힘이 장사였으며, 됨됨이가 매서웠다. 카치는 자신을 따르는 이들을 이끌고 툭하면 싸움을 벌였다. 만코가 말렸음에도 카치는 사람들을 공격하여 음식을 빼앗고, 땅을 빼앗으려 했다. 그러자 사람들은 잉카인들을 두려워했고, 만코가 하는 말을 믿으려 하지 않았다. 카치 때문에 잉카인들이 가는 곳마다 다툼이 일어났고, 크나큰 전쟁이 벌어질 뻔하기도 했다.

만코는 다른 형제들만 따로 불렀다.

"아무리 생각해도 카치를 그대로 두면 안 되겠다. 가는 곳마다 싸움을 일으키니, 이러다 모든 사람들이 우리를 적으로 여기고 공격을 하려

들지도 모른다. 어떻게 하면 좋겠는가?"

만코가 형제들 생각을 물었다.

"잉카인 모두를 위해서라도 카치는 더는 우리와 함께 할 수 없습니다."

둘째인 아우카가 말했다.

"같은 생각입니다. 그러나 카치는 아버지 태양신에게서 함께 태어난 우리 형제입니다. 그러니 우리가 카치를 죽일 수는 없습니다."

우추가 말했다.

"우리가 죽이지 않으면 됩니다. 다시 아버지 태양신 품으로 돌려보내면 됩니다."

만코 아내인 오클로가 말했다.

다들 오클로와 같은 뜻이었다. 오클로가 카치를 따로 불렀다.

"어젯밤에 꿈을 꾸었는데 아버지 태양신을 뵈었다. 아버지 태양신께서는 우리 가운데 가장 용감한 이가 피카리탐보 동굴로 다시 돌아와 아버지 태양신이 주는 선물을 받으라고 하셨다. 내가 생각해 봤는데 우리 가운데 가장 용감한 이는 바로 카치 너다. 그러니 다시 피카리탐보 동굴로 가서 선물을 받아와라."

카치는 오클로가 한 말을 듣고 신이 나서 다시 피카리탐보 동굴로 갔다. 피카리탐보 동굴로 들어간 카치는 아버지 태양신이 주는 선물을 동굴 안에서 찾았다. 그때 몰래 뒤따라온 아우카와 우추가 밖에서 큰 돌로 동굴을 막아 버렸다. 깜짝 놀란 카치는 동굴 안에서 빠져나가려고 몸부림 쳤으나 그럴 수 없었다. 동굴 안에 갇힌 카치는 오래도록 버텼으나, 태양신이 주는 기운이 모두 사라지자 죽음을 맞이했다. 카치가 죽자 태양신에게서 뻗어 나온 햇살이 바위를 깨뜨렸고, 죽은 카치 몸은 태양신에게 다시 빨려들어 갔다.

만코가 이끄는 잉카인들은 다시 좋은 땅을 찾아 떠났다. 좋은 기운에 이끌려 잉카인들이 산을 오를 때 갑자기 산 위에서 엄청나게 많은 바위들이 굴러 내려왔다. 바위들은 잉카인들을 그대로 휩쓸 기세였다. 만코도 오클로도 어찌할 바를 몰랐다. 그때 형제 가운데 가장 힘이 센 아우카가 앞으로 나섰다. 아우카는 몸을 웅크린 다음 소리를 지르며 온 몸을 활짝 폈다. 그러자 아우카 몸에서 햇살이 뻗어나가더니 아우카 몸이 거대한 바위로 바뀌었다. 잉카인들은 아우카가 변한 바위 뒤로 피할 수 있었고, 덕분에 목숨을 구했다. 아우카는 잉카인들을 구했지만 돌에서 되돌아오지는 못했다. 그렇게 아우카는 거대한 바위가 되었고, 잉카인들은 아우카에게 고마운 마음을 담아 큰 절을 올렸다.

만코가 이끄는 잉카인들은 바위가 굴러 내려온 산을 올랐다. 산 위에서 보니 엄청나게 넓고 넉넉해 보이는 쿠스코 땅이 보였다. 만코는 이곳이 잉카인들이 살 곳임을 알아차렸다. 혹시나 하는 마음에 황금 지팡이를 땅에 꽂았는데, 황금 지팡이는 땅 속 깊이 박히며 이곳이 바로 잉카인이 머물 곳임을 알려주었다.

황금 지팡이를 뽑아든 만코는 잉카인들을 이끌고 쿠스코 쪽으로 내려갔다. 산을 다 내려간 뒤 쿠스코 쪽으로 가려할 때 계곡 위쪽에서 먹

구름이 일어나더니 엄청난 빗물이 쏟아졌다. 어마어마한 홍수였다. 거대한 홍수가 잉카인들을 향해 휘몰아쳤다. 홍수가 덮치면 그 누구도 살아나길 바랄 수 없었다. 잉카인들은 비라코차가 처음 돌사람을 없앴다던 신화를 떠올렸다. 비라코차가 벌을 주려나 보다 생각한 사람들은 공포에 떨며 한 발자국도 걸음을 떼지 못했다. 그때 막내인 우추가 앞으로 나섰다.

우추는 몸을 웅크린 뒤에 소리를 지르며 몸을 활짝 폈다. 우추 몸에서 강렬한 빛이 뿜어져 나오면 우추 몸이 엄청난 바위로 바뀌었다. 우추 몸은 계곡 전체를 가득 메웠고, 위에서 아래로 내리치던 거대한 물은 우추가 가로막은 바위 때문에 더는 잉카인 쪽으로 흐르지 못했다. 잉카인들은 자신들을 살려준 우추에게 큰 절을 하고 쿠스코 쪽으로 갔다.

잉카인들은 쿠스코에 잉카왕국을 세웠고 만코를 왕으로 모셨다. 만코는 잉카왕국을 잘 다스리다가 어느 날 아침, 햇살이 막 떠오를 때 세상을 떠났다. 만코가 세상을 떠나자 오클로, 후아코, 이파쿠라, 라우아도 차례로 태양신 아버지께 돌아갔다. 만코 뒤를 이어 신치로카가 왕위에 올랐다.

신치로카가 다스리던 어느 날, 이웃 나라가 잉카왕국에 쳐들어왔다. 이웃 나라는 엄청나게 많은 군대를 이끌고 쳐들어왔기에 신치로카와 백성들은 모두 두려워하며 쿠스코를 버리고 떠나려 했다. 그러나 로케 왕자는 쿠스코를 끝까지 지키겠다고 고집했다. 신치로카는 로케 왕자를 설득하다 포기하고 백성들을 이끌고 쿠스코를 떠났다. 로케 왕자는 몇

몇 군인들과 함께 쿠스코를 지켰다.

로케 왕자는 쿠스코성에서 싸움을 하면 숫자 때문에 밀릴 거라 생각해서 쿠스코로 오는 계곡 쪽에서 적을 막기로 했다. 로케 왕자는 적은 군대를 이끌고 계곡 위쪽에 자리했다. 이웃 나라 군대는 로케 왕자가 이끄는 군대 숫자를 보고 비웃으며 거침없이 밀려들었다. 그때였다. 계곡 위에 있던 거대한 바위가 갑자기 수백 개 바위로 쪼개지더니 적들을 향해 굴러갔다. 바위는 수천 명이나 되는 적들을 휩쓸었다. 적 가운데 거의 절반이 죽었다. 그럼에도 적들은 포기하지 않았다. 로케 왕자가 이끄는 군대는 죽을 각오로 싸웠지만 적이 너무 많았다. 하는 수 없이 로케 왕자는 군대를 이끌고 뒤로 물러났다.

적은 산 위에서 잠깐 머물렀다. 바위에 깔려 죽은 사람이 많았기에 곧바로 치고 오지 못했다. 로케 왕자는 쿠스코 성벽 위에서 칼을 움켜쥐고 싸울 준비를 했다. 이 자리에서 죽을지도 모른다고 생각했지만, 쿠스코를 포기할 생각은 눈곱만큼도 없었다. 로케 왕자를 따르는 군사들도 마찬가지였다. 다음 날 아침, 적들은 산등성이에서 천천히 움직이며 계곡 쪽으로 내려왔다. 이제 곧 쿠스코 쪽으로 밀려들면 쿠스코는 끝이었다.

그때 계곡 물을 막고 있던 거대한 바위가 갑자기 쪼개졌고, 엄청난 물이 적들을 덮쳤다. 어마어마한 물이 적들을 거의 남김없이 쓸어 버렸다. 로케 왕자는 그 광경을 보고 처음엔 놀랐으나, 이내 소리를 지르며 군대를 이끌고 밖으로 나갔다. 로케 왕자는 살아남은 적들을 모조리 죽이거나 붙잡았다. 적을 물리친 로케 왕자는 신치로카 왕에게 사람을 보내 적을 물리쳤음을 알렸다.

신치로카 왕은 돌아와서 로케 왕자가 쿠스코를 지킨 이야기를 듣고는 무릎을 꿇었다.

"처음 바위가 되어 적을 물리치신 분은 네 둘째 할아버지인 아우카님이고, 계곡에서 물을 터트려 적을 물리치신 분은 네 넷째 할아버지인 우추님이시다. 내 어릴 때 그분들 때문에 우리 조상들이 목숨을 구했는데, 또다시 그분들이 우리를 구해주시는 구나."

그 말을 들은 로케 왕자는 두 할아버지 은혜를 기리는 성전을 지었고, 잉카인들은 그 두 분은 높게 떠받들며 두 분이 잉카인들을 구한 날이 되면 큰 제사를 지냈다.

신치로카가 죽고 로케 왕자가 왕위를 물려받는 날 아침, 로케 왕자는 쿠스코 시내를 걷다가 황금빛에 이끌려 무작정 걸었다. 황금빛은 어떤 우물에서 뿜어져 나왔다. 로케 왕자는 우물 안을 쳐다보았다. 우물 안에서 사자 머리를 한 사람이 로케를 쳐다보았다. 로케는 처음엔 사자 머리를 한 사람이 누군지 몰랐으나, 곧바로 사자 머리를 한 사람이 바로 자신임을 알아차렸다. 사자 머리를 한 사람, 그 모습은 바로 신이었다. 로케 왕자는 스스로가 신임을 깨달았다. 그때 우물 깊은 곳에서 황금빛이 피어오르더니 황금 지팡이가 떠올랐다. 로케 왕자는 황금 지팡이를 움켜쥐었다.

그날 왕자는 황금 지팡이를 쥐고 왕위에 올랐다. 왕 위에 오른 로케 왕자는 잉카왕국을 더욱 크게 키워, 안데스 일대를 장악한 거대한 제국을 이룩했다.

* * *

"재미난 이야기네요."

내 뜻은 아니었는데 내 말에 비웃음이 살짝 섞여 나왔다. 개 버릇 남 못준다더니 예의 바르게 말하고 싶은데도, 자꾸 버릇없는 말투가 튀어나온다. 입맛이 씁쓸했다. 그래도 어떡하랴, 이미 말은 나왔고 외삼촌 귀로 들어갔으니.

"네 말투는 '다 지어낸 이야기잖아요' 하는 뜻이 담긴 듯하네."

"아니, 그런 게 아니라."

나도 모르게 손을 휘저었다.

"괜찮아. 그렇게 생각할 수밖에 없으니까."

외삼촌은 몸을 잔뜩 웅크리더니 활짝 몸을 폈다. 외삼촌 몸짓이 마치 아우카와 우추 같았다. 물론 외삼촌 몸에서는 빛이 쏟아지지도 않았고, 몸이 돌로 바뀌지도 않았지만.

"건국신화는 헛된 이야기처럼 보이지만 그 안엔 진짜 역사가 담겨 있어. 잉카인들은 태양을 숭배했어. 그래서 스스로 태양에서 태어났다고 믿었지. 나라를 세운 이가 태양에서 태어났다는 신화는 정말 많아. 잉카인들은 동굴에서 지내다 정착 생활을 했어. 피카리탐보 동굴을 떠나 이곳저곳을 떠돌다 쿠스코에 정착했다는 이야기가 이를 뒷받침하지. 떠돌아다니며 겪는 일들은 역사 초기에 있었던 갈등과 화합, 내부 분열을 보여줘. 아우카와 우추가 돌로 바뀌는 이야기는 잉카인들이 돌을 얼마나 숭배했는지 보여주지. 신전이나 건축물을 지을 때 온통 바위를 쓰는 까닭이 거기에 있을지도 몰라. 황금 지팡이는 옥수수 빛깔을 닮았지. 그래서 황금 지팡이가 땅에 박히는 것은 옥수수가 잘 자라는 땅을 뜻해. 우물을 들여다본다는 것은 내 깊은 마음 속, 또는 내 본바탕을 들여다본다는 뜻이야. 로케 왕자는 우물 안에서 제 진짜 모습이 신임을 알아차리는데, 이는 왕을 신성한 사람으로 만들려는 뜻도 있지만, 우리가 모두 신에게서 온 귀한 사람임을 뜻하기도 해."

외삼촌 말을 듣는데 단군신화가 떠올랐다. '단군신화는 가짜 이야기'라는 어떤 학생 말을 듣고, 학교 역사 선생님은 '환웅은 하늘을 숭배하는 사람들을 이끌었고, 그 옆에는 곰을 숭배하는 사람들과 호랑이를 숭배하는 사람들이 있었는데, 하늘을 숭배하는 사람들과 곰을 숭배하는 사람들이 힘을 합쳐 나라를 세웠다는 역사를, 곰은 사람이 되고 호랑이는 사람이 되지 못했다는 이야기로 만들었다'고 풀어주었다. 외삼촌은 잉카제국 건국 신화를 역사 선생님과 똑같은 방식으로 풀어준 셈이다.

"신화는 집단이 꾸는 꿈이라고 했던 말 기억하니?"

물론 기억한다.

"신화는 무의식에서 일어나는, 집단이 꾸는 꿈이라고 내가 말한 적이 있지? 신화는 한 집단이 스스로와 세계를 헤아리는 틀이지. 신화는 역사고, 신화는 이야기야. 아니 신화는 역사를 넘어서고 있단다. 그래서 신화는 거짓이 아니야. 그렇다고 말 그대로 일어난 진짜 역사도 아니지. 신화는 거짓과 참을 뛰어넘어. 우리는 늘 거짓과 참이라는 틀로만 세상을 보려하는데, 거짓과 참을 넘어선 무엇도 있어. 거짓과 참이라는 틀로만 세상을 보려 하지 말고, 그 너머를 봐."

외삼촌 말뜻이 어렴풋이 다가오긴 하는데 잘 모르겠다.

그때 문득 엄마와 있었던 일이 떠올랐다. 내가 숙제가 없는 줄 알고 학원에 갔고, 학원 선생님이 엄마에게 이를 알렸다. 엄마는 숙제도 안 해간다고 나를 크게 나무랐다. 나는 숙제가 없는 줄 알았으며, 학원 선생님이 제대로 숙제를 알려주지 않았다고 따졌다. 나는 거짓말을 하지 않았다. 내 말은 참이었다. 엄마도 나를 야단치다가 나중에야 내가 거짓말을 하지 않는다고 인정했다. 그럼에도 나를 야단쳤다.

"너는 거짓말을 하지 않았을지도 몰라. 그렇지만 넌 학원을 다닐 마음가짐이 안 됐어. 배울 자세가 안 됐어. 엄마는 바로 그 점이 마음에 안 들어."

그때 나는 끝까지 참과 거짓만 따졌다. 나는 거짓말을 하지 않았고, 어쩔 수 없었다는 이야기로 엄마를 설득하려 했다. 엄마는 설득당하지 않았다.

"사실이 아니라 네 마음이 문제라고."

엄마가 아무리 그렇게 얘기해도 나는 알아듣지 못했다. 아니 엄마 말을 받아들일 뜻이 없었다. 내게 엄마 말은 그냥 잔소리였고, 엄마는 어떻게 해서든 나를 나무랄 건수만 찾는 사람이라고 여겼다.

그런데 다시 생각해 보니 엄마 마음을 조금은 알 듯했다. 엄마 말은 거짓과 참 너머에 있었다. 엄마는 참과 거짓이 아니라 내 마음이 문제라고 했는데, 엄마 말대로 나는 학원에 마음이 없었다. 그래서 숙제도 대충 챙겼고, 그날도 미리 챙겼으면 숙제가 뭔인지 알 틈이 넉넉했음에도 그냥 넘어갔다. 나는 거짓말을 하지는 않았지만 그것을 떠나 나는 게을렀다.

외삼촌은 신화가 참과 거짓을 뛰어넘는다고 했다. 알 듯 하다가도 더 깊이 헤아리려고 하면 잘 모르겠다. 어쩌다 외삼촌과 신화 이야기를 이렇게 많이 하게 됐는지, 외삼촌이 왜 나에게 이렇게 신화 이야기를 끊임없이 하는지는 이집트에서 큰 일이 생긴 뒤에야 알게 되었다. 이집트에서 그 일을 겪기까지 나는 그저 외삼촌이 신화를 좋아하고, 신화를 연구하는 사람이라고만 여겼다. 물론 큰 착각이었다. 조금만 내가 눈치가 빨랐으면 외삼촌이 왜 쿠스코부터 그렇게 긴장하고 다녔는지 알아차렸을지도 모른다. 그러나 나는 지나치게 내 스스로 고민과 생각에 빠져서 지냈고, 외삼촌과 외삼촌 둘레에 있는 사람들을 자세히 살필 겨를이 없었다.

"이병주 작가가 쓴 〈산하〉란 소설에 '햇빛에 바래지면 역사가 되고, 달빛에 물들면 신화가 된다'는 말이 있어. 신화와 역사는 햇빛에 바래지느냐, 달빛에 물드느냐 차이야. 햇빛과 달빛, 다르지만 닮았고, 닮았지만 또 달라. 역사와 신화도 닮은 듯 다르고, 다른 듯 닮았어."

해가 점점 기울어 갔다.

"달빛이 없다면, 인류는 밤마다 참 외로웠을 거야."

"이젠 달빛을 보는 사람들이 별로 없어요. 밤이 되어도 땅에는 빛이 차고 넘치니까요."

나는 시큰둥하게 대꾸했다. 이런, 또 못된 버릇이 나왔다.

"오늘날 현대인들은 달빛을 잃어버린 시대를 살아. 신화를 잃어버린 시대기도 하고. 안타까운 일이야."

외삼촌은 그렇게 말하고 존 바에즈 노래를 흥얼거리며 걸었다. 외삼촌이 흥얼거리는 노래를 들으며 깊은 우물을 들여다보는 상상을 했다. 우물 안에, 내 깊은 속 안에, 과연 무엇이 있을까? 진짜 나는 무엇일까? 내 안에는 아직 달빛에 물들기를 기다리는 멋스러움이 남아 있을까? 황금빛이 서녘 하늘을 달팽이 걸음으로 물들였다.

08

# 인도_신과 사람과 죽음이 함께하는 나라

저 여자, 어디서 봤다. 그것도 여러 번 봤다. 어딘지는 모르지만, 본 지 그리 오래 되지는 않았다. 우리나라에서 봤을까? 아니다. 내가 다니는 곳은 뻔해서 봤다면 떠올리지 못할 리 없다. 그렇다면 여행을 다닌 뒤에 봤다는 말인데 그럼 중국이나 페루에서 봤을까? 아니면 공항에서 봤을까? 비행기 안은 아니다. 일등석 승객은 몇 명 되지 않아서 다 떠오른다. 비행기 안에서 다른 곳은 가지 않았다. 중국이나 페루에서 보고 며칠 뒤에 인도에서 또 보는 일이 일어날 수 있을까? 외삼촌은 중국 내몽골 자치구로 갔다가 페루로 간 뒤에 다시 인도로 왔다. 왜 그렇게 움직이는지는 알 수 없지만 여느 사람들은 그렇게 움직이지 않는다. 그렇기에 우연히 만날 수는 있지만 쉽게 일어날 일은 아니다.

만약 내 기억이 맞는다면 누군지 모르는 사람이 우리를, 아니 외삼촌을 뒤쫓는다는 말인데 도대체 왜 따라다닐까? 설마, 외삼촌을 좋아하는 여자가 쫓아다니는 걸까? 아니면 영화처럼 비밀을 간직한 외삼촌을 쫓는 나쁜 사람일까? 인도 거리에서 두어 번 같은 여자를 마주치고 난 뒤에 난 걱정에 휩싸였다. 그렇지만 외삼촌에게 말하진 않았다. 내 기억이 맞는지 나조차 뚜렷하지 않기 때문이다. 그럼에도 그때부터 자꾸 둘레를 살피는 버릇이 생겼다.

* * *

인도에 온 첫날부터, 내 모든 감각은 뒤죽박죽이 되었다. 낯선 감각이 밀고 들어와서 온통 나를 뒤흔들었다. 거리를 다닐 때는 뜨거운 날씨에 숨쉬기조차 버거웠다. 사람도 많고 차도 많았다. 도로에서는 쉼 없이 경적소리가 울렸다. 누가 더 큰 소리를 내나 다투는 듯했다. 만약 우리나라에서 저렇게 경적을 울렸다가는 사람들이 모조리 차에서 내려 싸움을 벌일지도 모른다. 차들은 차선을 지키지 않았고, 사람들은 차가 다니든지 말든지 내키는 대로 길거리를 걸어 다녔다. 도로에는 낡은 차들이 많았는데 자동차 양 옆에 거울이 없는 차가 많았다. 어떤 차는 손거울을 차 옆에 테이프로 대충 붙이고 다녔다.

차가 조금만 많은 거리를 다닐 때마다 울려대는 경적소리 때문에 미쳐버릴 듯했다. 그 소리를 듣기 싫어서 음악을 키우고 이어폰을 꽂았더니 외삼촌이 이어폰을 잡아 뺐다.

“이 소리가 바로 인도야. 이 소리를 들어. 귀를 닫지 마. 세상이 내는 소리를 들을 줄 알아야 해. 내 귀에 거슬린다고 귀를 닫아 버리면 언제나 내가 바라고 익숙한 소리만 듣게 돼. 처음엔 힘들겠지만, 이 소리에 귀를 기울여.”

“그러고 싶지만, 시끄러워서 미쳐버리겠어요.”

“낯설기 때문에, 익숙하지 않기 때문에 잠깐 일어나는 어지러움일 뿐이야. 귀를 열고 들어. 그러다 보면 이 소리도 나름 괜찮다는 생각이 들고 정겨움도 생겨. 나중엔 이런 소리가 들리지 않으면 뭔지 모르지만 잘못된 곳에 있다는 느낌이 들기도 해.”

“설마요?”

“설마인지 아닌지는 해 봐야 알지. 이 소리가 인도야. 사람들은 다른 나라를 보러 가면 좋은 곳, 좋은 풍경만 보고 오려고 해. 진짜 그 사람들이 사는 모습을 보려고 하지 않지. 잘 꾸며진 곳은 가짜야. 꾸며진 곳에 진짜 삶은 없어. 여행은 다른 삶을 맛보는 만남이야. 삶을 만나지 못하는 여행은 가짜야. 그러니 이 소리를 막으려 하지 마. 그냥 들어.”

“피할 수 없으면 즐기란 말인가요? 엄마도 맨날 그렇게 말해요.”

내 말투에서 지겨움이 묻어났다. 내가 또 이런다. 외삼촌 말을 거의 다 알아들었으면서도 버릇처럼 맞서는 나, 내가 왜 이러는지 모르겠다.

"이 소리가 익숙하지 않은데 어떻게 즐기겠어. 고통은 즐길 수 없어. 고통을 즐기면 메조키스트지. 너나 나 같은 사람은 고통을 즐거움으로 승화하는 재주도 없어. 그러니 그냥 묵묵히 견디는 거야. 그 시간을 꿋꿋하게 버티는 거지."

사막에서 리프트를 탈 때도 외삼촌은 똑같은 이야기를 했다. 나는 외삼촌 말을 곱씹으며 외삼촌이 하라는 대로 해보기로 했다. 놀랍게도 며칠이 지나지 않아 나는 시끄러운 소리를 음악처럼 받아들이게 되었다. 뒤죽박죽 지나가는 자동차와 그 사이를 아무렇지 않게 누비는 개와 소와 사람들에게서 어떤 질서가 보였다. 뭐라 딱 꼬집어 말하기 어려웠지만 꽤 멋진 질서였다. 어떤 면에서는 사람과 차와 동물이 완벽하게 쪼개져서 다니는 우리나라 길이 지나치게 딱딱하고 차갑다는 생각마저 들었다. 시끄럽기만 하던 경적소리도 그 속에서 어떤 질서와 멋이 보였다. 인도 거리에서 경적소리는 우리나라 깜빡이와 마찬가지였다. 차들이 많고 어지럽게 뒤섞여 다니니 경적을 울려서 차와 사람들에게 알려야 했다. 경적을 누르지 않으면 사고가 날 위험이 높아진다. 사람들이 어떤 모습으로 산다면 거기엔 그렇게 사는 까닭이 있다. 시끄럽고 어지러운 거리가 인도인에겐 자연스럽고, 그 삶이 어울렸다. 어떤 면에선 우리나라보다 훨씬 멋진 거리였다.

길거리 소리에 익숙해진 뒤로 나와 외삼촌은 세 바퀴 오토바이에 의자와 지붕을 얹은 오토릭샤를 타고 많이 돌아다녔다. 먼 곳을 다니긴 힘들었지만 가까운 곳은 오토릭샤를 타고 다니기 좋았다. 나중엔 빵빵거리면서 빠르게 길거리를 휘젓는 오토릭샤를 타고 싶어서 일부러 거리로 나가기도 했다.

소리 다음으로 나를 뒤흔든 감각은 냄새였다. 처음엔 토하고 싶었다. 곳곳에서 기름 냄새가 났다. 자동차 배기가스 냄새 같기도 하고, 기름을 어설프게 태웠을 때 나는 냄새 같기도 했다. 길거리에 소와 개들이 많이 다니는데 아무 데나 똥과 오줌을 싸 놓은 탓에 똥오줌 냄새가 어딜 가나 코를 자극했다. 인도는 어딜 가나 사람이 많았는데 사람들 옆에 가면 몸에서 나는 냄새가 아주 진했다. 어떤 서양 사람들은 한국인에게서 김치나 마늘 냄새가 난다고 하는데, 인도인들이 즐겨먹는 음식 때문에 나는 냄새인지도 모르겠다. 아니면 인도 물 사정이 좋지 않아서 사람들이 잘 씻지 않은 탓일 수도 있다. 아무튼 사람이 많은 거리에 가면 사람 냄새도 똥오줌과 기름 냄새 못지않게 진했다.

시장에서도 엄청 낯선 냄새가 풍겼다. 카레처럼 익숙한 냄새도 있지만 한번도 맡아보지 못한 낯선 냄새가 넘쳐났다. 시장 곳곳에 엄청나게 많은 향신료가 있었다. 인도인들은 냄새만으로 그 모든 향신료를 나누어 알아차리지만, 나는 아무리 맡아도 뭐가 뭔지 알 수 없었다. 몇 개만 맡고 나면 코가 냄새를 맡지 못할 만큼 먹먹해졌다. 향신료 냄새가 싫지는 않았지만 지나치게 진했다. 향신료 냄새가 모든 감각을 마비시켰다. 길거리에선 소리가, 시장에서는 향신료 냄새에 내 감각이 지배당했다.

향신료는 냄새에만 그치지 않는다. 거의 모든 음식에 향신료가 들어간다. 중국에서도, 페루에서도 나는 그곳 음식을 꺼리지 않았다. 인도에서도 마찬가지였다. 외삼촌은 일부러 내가 먹어보지도 못한 음식을 맛보게 했는데 그때마다 내가 아주 맛있게 먹어서 많이 놀라는 듯했다.

"넌 나보다 더 여행가 체질이야."

음식은 입에 거슬리진 않았지만, 그 더러움은 익숙해지기 힘들었다. 길거리를 가다 보면 주방이 훤히 들여다보이는데 거의 다 지저분했다. 곳곳에 보이는 곰팡이와 먼지가 속을 뒤집어 놓았다. 그릇도 그리 깨끗하지 않았다. 물 사정이 좋지 않은 탓이라고는 하지만 처음엔 정말 참기 힘들었다. 더러움이 눈에 거슬렸지만 음식 맛에는 아무런 영향을 끼치지 않았다. 나는 더럽든, 깨끗하든 마음에 두지 않고 맛있게 먹었다. 물론 나중에는 주방과 그릇이 더럽다는 생각조차 들지 않았다. 그러고 나서는 음식을 더 마음껏 즐겼다.

인도 거리에서 마주한 빛깔도 매우 낯설었다. 진한 빛깔 옷이 많았고, 길거리에도 진한 원색 빛깔이 아주 많았다. 거리를 물들인 빛깔이 원색은 원색인데 낡은 원색이다. 빨간빛이 시간이 지나면서 바래진 상태였고, 군데군데 뜯겨지고, 곳곳에 곰팡이와 검은 얼룩이 묻은 벽이 많았다. 거리를 물들인 원색도 인상 깊었지만 무엇보다 신을 본떠 만든 조각상인 신상을 칠한 빛깔이 인상 깊었다. 거리를 다니거나 집을 구경할 때, 택시나 오토릭샤를 탔을 때도 신상이 보였다. 처음엔 그냥 예쁜 조각이나 재미난 인형인 줄 알았다.

"신이야. 코끼리 코를 하고 앉은 사람도, 팔이 수백 개인 사람도, 똬리를 튼 뱀도, 소를 타고 칼을 든 원숭이도 모조리 다 신이야."

"정말요? 어떻게 그렇게 신이 많아요?"

"인도에서 신을 빼면 빈껍데기만 보는 거야. 인도인들에게 신은 죽은 뒤에 만나는 심판자가 아니야. 늘 삶과 함께 하는 이웃이자 나와 가족을 돌봐주는 수호천사이며 살아가는 목적이지."

"아무리 그래도 그렇게 많은 조각상을 만들어서 곳곳에 놓다니, 그렇게까지 해야 하나 싶네요."

"아이돌 좋아하는 애들이 사진을 곳곳에 붙여놓는 거랑 별로 다를 바 없어. 인도인들에게 신은 아이돌처럼 인기 있으면서, 아이돌보다 훨씬 많이 삶에 영향을 끼치는 존재지. 그러니 모든 곳에 신이 있어."

"그래도 지나치게 빛깔이 화려해요. 빨강과 노랑 빛을 너무 많이 써서 촌스럽게 보여요. 신상이라고 하면 조금 소박하고 깔끔해야 하잖아요."

"그건 네 생각이지. 인도인들 생각은 달라. 인도인들이 보기에 신은 거룩해. 거룩한 신이 화려하지 않으면 도대체 누가 화려하겠어? 그리고 네가 보는 조각상은 신상이기도 하지만 신이기도 해."

"네? 저런 조각이 신이라고요?"

"그럼, 신이지. 인도에서 신은 먼 하늘에 머물며 굽어보지 않아. 신은 인도 사람들이 사는 곳곳에 있지. 거리에도, 부엌에도, 자동차에도, 산에도, 물에도, 나무에도, 소에게도 신이 있어. 저 조각상은 신상이면서 또한 신이야. 그러니 화려하지."

인도 신에 관한 이야기는 여러 번 들었지만 지나치게 복잡해서 헤아리기 힘들었다. 똑같은 신이 어떤 때는 최고신이었다가 어떤 때는 하급신이 되고, 어떤 때는 번개를 다루다가 어떤 때는 죽음을 다루기도 하는 등 뭐가 뭔지 알 수가 없었다. 신화가 옛 이야기에 머물지 않고 여기에 그대로 살아 숨 쉬는 곳이 바로 인도였다.

이처럼 인도를 돌아다니면서 나는 소리와 냄새와 맛과 빛깔, 그리고 무수히 많은 신에 취했다. 온통 낯선 자극에 휘둘리다 보니 옛날에 내가 무슨 생각을 하고, 어떤 삶을 살았는지조차 낯설어졌다. 인도 대도시와 시골을 몇 군데 돌아다닌 우리는 갠지스 강에 있는 바라나시로 갔다. 인도를 방문한 외국인들이라면 반드시 오는 곳이 바라나시라고 했다. 바라나시는 힌두교 성지인데, 힌두교를 믿는 이들은 태어나서 갠지스 강에서 세례를 받고 죽은 뒤에 시신을 화장해서 갠지스 강에 뿌려지기를 소망한다고 한다. 갠지스 강은 힌두교 인들에게 가장 성스러운 곳이다. 바라나시는 그런 갠지스 강가에 자리한 도시다.

바라나시에 오자마자 갠지스 강으로 갔는데 오징어를 굽는 냄새가 났다. 제주도에 가서 먹은 흙돼지 굽는 냄새 같기도 했다.

“사람들이 고기를 많이 구워 먹나 봐요. 맛있는 냄새가 나네요.”

내가 이렇게 말했더니 외삼촌이 짓궂게 웃었다.

“맛있는 고기긴 하지.”

“무슨 고기요?”

“사람 고기.”

나는 외삼촌이 처음에 우스갯소리를 하는 줄 알았는데, 아니었다. 외삼촌 손이 가리키는 곳에는 진짜 시체가 있었고, 곧이어 시체는 불길에 휩싸였다. 사람을 태우는 냄새를 맡고 맛있다고 하다니, 속이 뒤집히는 줄 알았다. 놀라움은 거기서 그치지 않았다.

배를 타고 갠지스 강을 돌아다니는데 비릿한 내음과 함께 펑, 펑 터지는 소리가 들렸다. 뭐가 터지나 싶어 살폈는데 강물에 떠다니는 개, 사람 시체가 터지는 소리였다.

“돈이 많은 사람들은 화장을 해서 갠지스 강에 뿌리지만, 화장을 제대로 할 장작을 살 돈이 없는 이들은 조금만 태우다 시신을 강물에 그대로 버려. 그러면 시신이 썩다가 가스가 차고, 둥둥 떠오르다가 펑펑 터지는 거야."

강에서 사람 손목도 봤고, 다리가 떠가는 모습도 봤다. 처음에는 무섭고 끔찍했는데 갈수록 그런 풍경이 익숙해졌다. 나중에는 시체를 봐도 아무렇지 않았고, 비릿한 내음도 반가웠으며, 강에서 들리는 시체 터지는 소리도 바람소리와 다르지 않게 여겼다. 인도는 삶과 죽음이 매우 가까웠다. 산 자와 죽은 자가 함께 있는 곳이었다. 바라나시는 삶과 죽음이 한 데 어우러져 만든 도시였다. 바라나시 한 쪽은 건물이 모인 도시인데 건너편은 삭막한 땅이다. 도시가 삶이 머무는 곳이라면 건너편 삭막한 땅은 죽음이 머무는 곳처럼 보였다. 이곳은 이승이고 갠지스 강을 건너면 저승이다. 옛사람이라면 누구라도 이곳에서 그런 생각을 떠올릴 수밖에 없는 풍경이었다.

내가 바라나시 이쪽과 저쪽 느낌이 사뭇 다르다고 외삼촌에게 이야기를 했더니 외삼촌은 이렇게 말했다.

"이야기는 삶에서 오고, 삶은 자연에 뿌리를 두지. 사람은 아무리 발버둥쳐도 자연에 머물 수밖에 없어. 자꾸 그걸 잊으니 끔찍한 일을 아무렇지 않게 벌이는 거야."

어느 날은 바라나시 뒷골목만 걸어 다녔다. 골목은 매우 좁았다. 손을 뻗으면 두 손 끝이 벽에 닿는 곳이 많았다. 아주 넓은 골목이라고 해 봐야 두 번만 뻗으면 될 너비였다. 골목이 좁은데다 양 옆에 있는 건물에 자리한 가게들이 온갖 물건을 골목에 내놔서 걸어갈 길은 더욱 비좁았다. 골목 양 옆으로 4~5층 건물이 즐비했기에 골목에서 고개를 들면 높은 벽 사이로 맑은 하늘이 샛길처럼 나 있었다. 가끔 구름이 푸른 길 사이로 나타나는데 어쩜 그렇게 아름다운지 입을 다물 수가 없었다. 하지만 하늘이 아무리 아름다워도 하늘을 보고 걸으면 안 된다. 골목 곳곳에 소똥이 널렸기 때문에 자칫하다간 신발이 똥에 푹 빠질 수도 있다.

골목길을 걸을 때 소를 만나면 엄청 힘들다. 소가 아무렇지 않게 골목을 걸어가기에 사람은 무조건 양 옆으로 피해야 한다. 가게가 쭉 늘어선 골목에서 소와 마주치면 피할 곳도 없다. 가게 쪽으로 바짝 붙어도 소 입김이 얼굴에 훅 끼친다. 한 번은 소가 내 옆을 지나면서 오줌을 쌌는데 바닥에서 튀긴 오줌물이 옷으로 다 튀었다. 외삼촌은 깔깔거리고 나는 죽을상을 지었다.

점심을 먹고 다시 골목을 거니는데 갑자기 하늘이 어두워지더니 비가 쏟아졌다. 쏟아진 비는 빠져나갈 곳을 찾지 못하고 골목을 휘몰아쳤다. 비옷을 얼른 입었는데 골목을 휩쓰는 물살은 피할 수가 없었다. 골목을 휩쓰는 물에는 똥이 둥둥 떠다녔다. 그런데 희한하게도 더러운 느낌이 들지 않았다. 골목을 개울처럼 휩쓸고 지나가는 물도 재미있고, 둥둥 떠다니는 소똥을 봐도 웃음만 나왔다.

소 오줌과 똥이 가득한 빗물에 몸을 적시고 난 뒤에 호텔로 돌아가서 옷을 갈아입고 다시 길거리로 나섰다. 그 전까지 아주 밝았던 외삼촌 얼굴빛이 딱딱하게 굳었다. 쿠스코에서 보던 바로 그 표정이었다. 외삼촌은 골목길을 빠르게 걸었다. 갈 곳이 있어 보였다. 외삼촌은 큰 철 대문 집으로 들어갔다.

"나마스떼."

나는 인도말로 인사를 하며 안으로 들어갔다.

나이 지긋한 남자와 고와 보이는 여자가 우리를 맞이했다. 부부처럼 보였다. 집은 콘크리트 건물이었다. 대문 옆에는 소가 있었고, 방은 세 개였다. 가장 바깥방은 여자 형제들, 가운데 방은 남자 형제들, 가장 안쪽 방은 신상을 모시며 부부가 지냈다. 나는 둘째 방에서 기다렸다. 기다리는데 여자 분이 대문 옆에 묶어 놓은 소에서 우유를 짜서 곧바로 나에게 주었다. 소에게서 짜는 우유를 여러 번 먹어 봤기에 '나마스떼' 하면서 맛있게 먹었다.

집은 깔끔했고, 책도 꽤 있었다. 수학책과 과학책도 보였다. 사진도 벽에 몇 개 걸려 있었고, 장롱에는 이불과 옷이 깔끔하게 정돈되어 있었다. 외삼촌은 생각보다 빨리 이야기를 끝냈다. 10분도 지나지 않아 우리는 그 집을 나왔다. 집을 나서는데 무릎을 꿇고 부부가 나에게 절을 했다. 나는 화들짝 놀라 몸을 숙이며 같이 절을 했다. 그러자 부부는 더 몸을 깊게 숙였다. 어쩔 줄 몰라 하는데 외삼촌이 가만히 있으라고 해서 그냥 절을 받았다. 철 대문

집을 나온 뒤에 외삼촌이 말해주어서 알았지만 그들은 '불가촉천민'이었다. 브라만, 크샤트리아, 바이샤, 수드라로 나눠진 인도 카스트 계급 바깥에 있는 이들이 불가촉천민이다. 손을 대면 부정을 탄다고 해서 카스트를 따르는 이들은 불가촉천민과 손길만 스쳐도 불길하다고 여긴다.

"인도인들에게 손님은 신이야. 신이 집을 방문한 셈이지. 그러니 얼마나 고맙고 행복하겠어. 더구나 불가촉천민 집에 신이 방문했으니, 더없이 기뻐서 너에게 그리 한 거야."

"카스트 제도, 마음에 안 들어요. 우리 선생님도 엄청 비판을 많이 했어요."

"요즘은 많이 나아졌다고 해. 저 분 아들과 딸들도 학교에 다니는데 정말 열심히 공부하지. 카스트에서 벗어나는 길은 오직 공부밖에 없다고 믿으니까. 옛날과 달리 불가촉천민 가운데 큰 성공을 거둔 이들이 많아. 그들 덕분에 불가촉천민에 대한 생각이 많이 바뀌고 있어. 물론 아직도 심하게 차별하는 사람들도 많지만."

골목길을 벗어난 외삼촌은 택시를 잡아탔다. 인도에서 택시를 타기는 처음이었다. 외삼촌이 택시 기사에게 갈 곳을 말하자 택시 기사가 놀란 얼굴로 외삼촌을 가만히 쳐다보았다. 외삼촌은 괜찮다고 하면서 그곳으로 가라고 거듭 말했다. 돈을 두 배로 준다고 하자 택시 기사가 차를 몰았다. 차는 도심을 빠져 나와 바라나시 바깥으로 향했다.

한참을 달려 우리가 이른 곳은 엄청난 대저택이었다. 택시기사는 저택 입구까지 가려고 하지 않았다. 저택 100미터 앞에 멈추더니 얼른 돌아가려 하였다. 하는 수 없이 내려서 입구까지 걸어갔다. 대문이 엄청나게 컸고 둘레는 성곽처럼 돌을 쌓았다. 대문 옆에 경비실에는 세 명이 있었는데 모두 몸집이 컸다. 외삼촌이 경비실로 들어가 말을 하자, 경비들이 전화를 걸었다. 한참 뒤 저택 안쪽에서 차가 한 대 왔다. 딱 봐도 엄청나게 비싼 차였다.

차를 타고 저택 안을 10여 분 달린 뒤에야 차가 멈췄다. 차에서 내리니 유럽 귀족들이나 사는 듯 한 건물이 보였다. 인도가 영국 식민지 지배를 받을 때 영국 귀족이 살던 집이라고 외삼촌이 귀띔해 주었다.

건물 안으로 들어가 3층으로 올라간 뒤 긴 복도를 따라 걸었다. 몇 번 꺾어지기도 했다. 아주 큰 방으로 들어갔는데 방 안에 10여 명이나 되는 사람들이 있었다. 그들은 모두 몸집이 좋았다. 나이 지긋한 사람이 우리를 맞이하더니 방 안쪽으로 이끌었다.

방 안쪽에는 큰 소파와 책상만 있고 아무것도 없었다. 벽에도 아무것도 없었다. 오래돼 보이는 문만 한 쪽 벽 귀퉁이를 차지했다. 나는 또다시 소파에 앉아서 기다려야 했다. 외삼촌은 나이 지긋한 사람과 함께 방 안으로 들어갔다. 얼핏 봤는데 그 방안에는 긴 수염에 흰 옷을 입고 목에 굵은 염주를 두른 사람이 있었다. 딱 봐도 이 저택 주인으로 보였다.

문이 닫히고 외삼촌은 방 안에서 흰 수염을 기른 사람과 말을 나눴다. 내가 앉은 곳에서는 말이 거의 들리지 않았다. 한참 앉아 있는데도 외삼촌은 나올 줄을 몰랐다. 심심했다. 소파에서 일어나 문 가까이 갔다. 그러면 안 되는 줄 알면서도 문에 바짝 다가가 안으로 귀를 기울였다. 외삼촌과 흰 수염 기른 사람은 영어로 이야기를 나누었다. 문 저쪽에서 들리기도 하고, 흰 수염을 기른 사람이 인도 억양이 섞인 영어를 하는 바람에 다 알아듣기는 힘들었지만, 몇몇 낱말은 뚜렷하게 알아들었다. 그 가운데 '프라퍼시(prophecy)', 즉 '예언'이란 낱말이 수십 번 거듭 나왔다. 예언이라, 무슨 예언일까? 혹시 외삼촌은 인류 미래가 걸린 예언이라도 찾아다니는 걸까?

이야기는 두 시간이 넘게 걸렸고, 이야기가 끝나자 그곳을 떠났다. 나는 속이 보글보글 끓을 만큼 궁금했지만 꾹 참고 아무 것도 묻지 않았다. 물론 물었다고 해도 말을 해 줄 외삼촌이 아니었다. 외삼촌은 그냥 여행을 다니고 있지 않았다. 그 무엇을 좇아 다녔다. 그것이 무엇인지는 모르지만, 이루 말할 수 없이 중요한 것임은 뚜렷했다.

바라나시를 떠난 우리는 네팔로 건너갔다. 인도에서 네팔로 가는 길은 그야말로 끔찍했다. 무려 여덟 시간이나 버스를 타고 갔는데, 버스 의자가 직각이었다. 딱딱한 직각 의자에 앉아 여덟 시간을 구불구불하고 거친 산길을 가려니 속이 뒤집어졌다. 처음엔 몸이 부대껴서 앉아 있기도 힘들었다. 그렇지만 얼마만큼 시간이 흐른 뒤에는 그 딱딱하고 직각인 의자에서도 잠을 잤다. 사람이 지닌 적응력은 정말 엄청났다.

우리가 간 곳은 네팔 포카라였다. 버스에서 내려 숙소까지 걸어가는데 길거리에서 만나는 사람들이 다들 외삼촌을 보며 손을 흔들었다. 포카라는 딱 관광지였다. 깔끔했고 관광객도 많았으며 히말라야가 뒤에 있다 보니 등산용품을 파는 가게가 많았다. 시내 곳곳에 일본, 중국 음식점이 있었고, 우리나라 음식점도 꽤 보였다. 모처럼 우리나라 음식점에 들러서 삼겹살과 김밥을 사 먹었는데, 맛은 있었지만 지나치게 비쌌다.

외삼촌은 나를 이끌고 산을 올랐다. 멀리 히말라야를 보며 걷는 길은 참 남달랐다. 처음에는 정말 신났다. 말로만 듣던 히말라야를 두 눈으로 보니 기쁘기 그지없었다. 그러나 점점 힘들고 괴로웠다. 계단을 타고 오르다, 다시 내려가고, 내려가다가 돌길을 타고 오르고, 다시 내려가고, 그렇게 여러 번 거듭하니 몸이 지쳐 버렸다. 처음으로 오롯이 힘들어서 눈물이 나오려고 했다. 사흘을 걸려 올라 간 뒤에야 등산을 멈췄다.

잠을 자고 나서 일어나 일출을 봤는데 참으로 아름다웠다. 산이 붉게 물들며 맑은 기운이 온통 내 안으로 쏟아져 들어오는 듯했다. 피카리탐보 신화가 떠올랐다. 이런 곳에서, 저런 햇살을 보며,

아침을 맞이한 사람이 신을 떠올리지 않으면 그게 도리어 이상하다는 생각이 저절로 들었다. 아름답다는 말 밖에 나오지 않았다. 일출을 보고 난 뒤에 절벽 끝에 매달린 듯 건축한 사원에 갔다. 사원 안으로 들어갈 수는 없었다. 사원 밖 돌담에는 하얀 천과 종이를 묶어 놓은 줄들이 가득했다. 깎아지른 절벽 위에 아침 햇살을 받으며 반짝이는 하얀 빛깔 천과 종이는 신비한 기운을 자아냈다.

조금 더 구경을 하다가 아래로 내려왔다. 내려오다가 온천 수영장을 만났다. 몸도 지치고 힘들었기에 수영복을 입고 바로 뛰어들었다. 바로 옆에 물이 흐르고 히말라야 기운이 넘치는 곳에서 즐기는 온천욕은 그동안 쌓였던 힘겨움을 모조리 날려주었다.

온천욕을 즐긴 뒤 패러글라이딩을 하는 곳으로 갔다. 외삼촌은 나보고 타라고 했다. 무서워서 타지 않으려다가 '아주 능숙한 교관이 같이 타니 걱정하지 말라'는 말을 듣고 타보기로 했다. 처음에 떠 떠오를 때는 무서워서 소리를 질렀는데 일단 뜨고 나니 더할 나위 없이 좋았다. 발 아래로 펼쳐지는 히말라야 풍경은 이루 말할 수 없이 신비스러웠다. 한참 아래를 구경하는데 뒤에 있던 교관이 휘파람을 불자 독수리들이 날아들었다. 둘레를 살펴보니 열 마리가 넘었다. 독수리들이 아주 가까이 다가왔다. 엄청나게 큰 날개와 날카로운 부리가 그대로 두 눈에 들어왔다. 무서웠다. 소름이 쫙 등골을 타고 흘렀다. 교관은 뭐가 그리 신나는지 껄껄 웃더니 카메라라 내 겁먹은 얼굴과 독수리를 한 화면에 담아 사진을 찍었다.

포카라에서 신나게 즐긴 뒤 카트만두로 갔다. 카투만두에서 비행기를 탔는데 이번엔 이집트였다. 이집트로 가기 전에 외삼촌은 나를 우리나라로 돌려보낼까 말까 한참 망설였다. 이집트는 우리가 다닌 나라와 달리 치안이 좋지 않았기 때문이다. 외삼촌은 내가 바라면 우리나라로 돌아가게 해주겠다고 했지만, 나는 거절했다. 외삼촌과 끝까지 가고 싶었다. 내가 끝까지 따라가겠다고 한 까닭은 두 가지였다. 첫째는 외삼촌이 무엇을 쫓는지 알고 싶었기 때문이다. 외삼촌은 뭔지 모를 것을 쫓는다. 어쩌면 인도에서 여러 번 마주친 그 여자도 같은 것을 쫓는지 모른다. 무엇인지 모를 그것을 나는 꼭 알고 싶었다. 둘째는 피라미드 때문이다. 사진으로 피라미드를 본 적은 많지만 두 눈으로 피라미드를 본 적은 없다. 내 눈으로 피라미드를 볼 기회가 생겼는데 그만두고 싶지는 않았다. 고생은 페루와 인도에서 실컷 했기 때문에 이집트에 가서 할 고생도 별로 두렵지 않았다.

09

# 크리슈나_사명을 받고 태어난 힌두교의 예수

비행기를 타고 가면서 나는 노래를 듣는 대신 인도 신들이 그려진 카드를 골똘히 구경했다. 머리를 쥐어짜며 영어로 쓰인 설명을 읽었다. 참 재미난 신들이 많았다. 외삼촌은 그런 나를 기특하게 여겼다.

"옛날부터 인도인들을 먹여 살린 강이 갠지스와 인더스야. 두 강은 히말라야 산맥에서 흘러 나와 사람들을 먹여 살린 젖줄이었지. 산맥에서 흘러내린 물에는 기름진 흙이 가득했어. 히말라야는 북부에서 불어오는 차가운 바람을 막아주고, 바다에서 불어온 바람은 히말라야 산맥을 만나 넉넉하게 비를 뿌려. 자연이 준 넉넉함을 누리며 사니 자연에 고마워할 수밖에 없지. 고맙긴 하지만 한편으론 갠지스와 인더스 강은 물이 넘칠 땐 더할 나위 없이 무섭고, 하늘 높이 치솟은 히말라야는 두려워. 바로 거기서 자연을 섬기는 마음이 일었고, 신화가 생겨났고, 오늘날까지 이어졌어."

"다른 나라도 다 자연을 숭배하는 신화가 있었어요. 그리스로마 신화만 봐도 자연현상에 신이 깃들었다고 믿었잖아요. 옛사람들은 번개가 치고, 바람이 불고, 비가 내리고, 강물이 넘치고, 폭풍우가 몰아치고, 우박이 내리고, 유성이 떨어지고, 해가 대낮에 사라지는 일 따위가 왜 일어나는지 알지 못했어요. 두려움과 신비한 힘을 떠받드는 마음이 신화가 되고 종교가 되었어요. 그건 알겠는데, 다른 곳에서는 큰 신을 모시는 종교로 바뀌었는데 어떻게 인도는 이렇게 수많은 신들이 있는 채 오늘날에 이르렀는지 잘 모르겠어요. 아무리 생각해도 참 별난 나라에요."

내 말을 들은 외삼촌은 기특한 얼굴로 나를 봤다. 내 물음이 꽤나 마음에 든다는 뜻이었다.

"네 말처럼 인도에는 인도 사람 숫자만큼 신이 있다는 말이 있어. 큰 신도 있지만 작은 마을이 모시는 신도 있고, 심지어 한 가정에서만 모시는 신도 있지. 신을 빼놓고 인도를 말할 수 없어. 그렇지만 인도 신화에도 거대한 신은 있어. 인도 힌두경전을 '베다'라고 해. 이름이 여러 가지이긴 한데 대체로 초기 경전을 '리그베다'라고 불러. 리그베다 때는 인드라, 이그니, 바루나가 3대 신이었어. 인드라는 인도를 정복한 아리안들이 모시는 신이었는데, 인드라는 리그베다에서 가장 으뜸인 신으로 번개, 비, 전쟁을 뜻하는 신이며, 소마라는 신성한 음료를 즐겨 마셔. 인드라는 악마와 싸워 이기며 으뜸 신이 되는데 이는 아리아인이 인도를 정복한 역사를 그대로 드러내지. 이그니는 인드라 다음으로 높은 신으로 불, 태양을 뜻하는데, 무엇보다 이그니는 사람이 신들을 위해 바치는 희생제를 밝히는 불을 뜻하기에 사람과 신을 이어주는 끈과 같은 신이야. 바루나는 질서를 지키는 신으로 질서를 어기는 이를 벌하는 심판자 노릇도 하지."

인드라, 이그니, 바루나, 으뜸 신을 셋으로 나누다니 참 재미있는 생각이었다.

"힌두교가 발전하면서 브라만, 비슈누, 시바가 으뜸 신이 되고, 인드라, 이그니, 바루나는 아래 신으로 떨어져. 브라만은 창조, 비슈누는 질서, 시바는 파괴를 뜻하는데, 창조 → 질서 → 파괴 → 다시 창조로 이어지는 우주 운동 법칙을 상징하지. 창조를 한 뒤에 질서를 지키고, 마지막엔 파괴를 해. 파괴를 해야 다시 창조를 하기 때문이지. 그렇게 우주는 끊임없이 움직여. 브라만은 우주를 짓고 더는 할 일이 없기 때문에 섬기는 이들이 많지 않고, 비슈누와 시바를 모시는 이들이 많아. 비슈누는 질서기 때문에 현재 삶이 마음에 드는 부자들이 많이 섬기고, 시바는 파괴기 때문에 현재 삶이 마음에 들지 않는 가난한 이들이 많이 섬겨."

"으뜸 신이 바뀌다니, 아무래도 새로운 으뜸 신을 믿는 사람들이 권력을 잡았나 보네요."

"맞아. 이제 내가 말하지 않아도 신화에 담긴 역사를 읽어내는구나. 내가 힌두교를 접하고 가장 재미있게 여긴 사고방식은 바로 아바타야."

"컴퓨터 게임에 나오는 그 아바타 말인가요?"

"응, 맞아. 아바타는 게임에서 처음 나온 말이 아니라 힌두교에서 처음 생긴 말이야. 비슈누는 이미 아홉 번이나 사람으로 나타나서 악을 물리치고 사람들을 구했는데, 사람으로 태어난 비슈누를 가리켜 아바타라고 해. 비슈누 아홉 아바타 가운데 라마와 크리슈나가 가장 널리 알려졌어. 기독교에 예수가 있다면 힌두교엔 크리슈나가 있다고 할 만큼 인도인들이 섬기는 신이 크리슈나야. 심지어 크리슈나 어릴 때를 주인공으로 한 애니메이션도 있으니 얼마나 좋아하는지 알겠지? 힌두교에서는 아홉째 아바타를 불교를 일으킨 시타르타 부처로 보고, 마지막 아바타를 칼키라고 하는데 미래에 인류를 구하러 올 거라고 해."

"아바타라면, 신이 사람 모습을 하고 사람들 사이에 있다는 말이네요. 그리스로마 신화에서도 신들이 사람 모습을 하고 거리를 거닐고, 손님으로 오는 이야기가 많은데, 비슷하네요."

"맞아. 혹시 인내천이라고 아니?"

한국사 배울 때 들었던 말이다.

"사람이 곧 하늘이다. 동학에서 나온 말이죠. 사람이 하늘처럼 귀하고 누구나 평등하다는 뜻이 담겼다고 학교에서 배웠어요."

외삼촌이 나를 보는 눈빛이 기특함으로 가득했다.

"신이 사람 가운데 있음을 나타내는 말이 아바타야. 동학은 여기서 더 나아가 모든 사람이 아바타라고 말하지. 그야말로 놀라운 이야기야. 모두가 신이라니, 멋지지 않니?"

나는 씁쓸하게 웃었다. 모든 사람이 신이라니, 내 둘레에 있는 친구들, 엄마, 아빠 얼굴을 떠올려 봤지만 그 누구도 신으로 보이진 않는다. 그냥 못난 사람일 뿐이다. 나조차도 수없이 못난 점이 많다. 신은 완전한데, 어떻게 이렇게 못난 사람들이 신이란 말인가? 말은 멋지지만 믿지는 않았다. 아무튼 동학과 인도 신화가 닮은 점이 있다니 신기하긴 했다.

"내가 들은 인도 신화 가운데 가장 멋지고 재미있는 이야기가 크리슈나야."

외삼촌은 크리슈나 신화를 신나게 들려주었다.

* * *

크리슈나는 비슈누 여덟째 아바타다. 아바타는 태어나서 이룰 사명, 즉 살면서 반드시 행해야 할 목적이 있다. 크리슈나는 악마의 아들인 칸사를 죽이려고 태어났다. 어떤 이들은 크리슈나가 역사에서 진짜 있었던 사람이라고 말하기도 한다. 크리슈나는 큰일을 이룬 영웅이었기에 떠받드는 사람들이 많았는데 그래서 힌두교가 크리슈나를 끌어들인 듯하다. 힌두교에서는 비슈누 아홉째 아바타를 부처로 보는데, 이는 불교를 힌두교 안으로 끌어들이려는 만든 이야기다.

악마가 왕비 몸에 씨를 뿌려 칸사가 태어났다. 칸사는 사람인 아버지를 몰아내고, 여러 나라를 쳐서 빼앗았으며, 백성들이 비슈누 신을 섬기지 못하도록 했다. 칸사가 지닌 힘이 커지자 온 누리에 악이 넘쳐났으며 사람들은 큰 고통을 겪었다. 사람 사는 곳을 아무리 뒤져도 선은 보이지 않게 되었다.

악이 지나치게 힘이 커지자 비슈누는 다시 아바타로 태어나 선을 키우는 일을 해야겠다고 마음먹었다. 그래서 비슈누는 데바키와 바수데바가 결혼하게 만들고 둘 사이에서 태어나려 하였다. 칸사는 데바키와 바수데바가 결혼한 뒤에 태어날 아이가 자신을 무너뜨린다는 예언을 들었다. 그래서 칸사는 데바키와 바수데바가 결혼한 뒤에 아이가 태어나는 족족 죽였다. 데바키와 바수데바 사이에서 여섯 아들이 태어났지만 모두 죽었다. 일곱째 아이가 태어날 때가 가까워지자 칸사는 또다시 죽일 뜻을 품었다. 그때 비슈누가 일곱째 아이를 다른 여자 몸으로 옮겼다. 칸사는 데바키 뱃속 아이가 죽었다고 믿었지만, 그 아이는 다른 여자 몸에서 태어났는데, 이 아이가 나중에 크리슈나와 함께 활동한 '발라라마'다.

얼마 지나지 않아 데바키가 또 임신을 했다. 여덟째 아이였다. 칸사는 엄마인 데바키와 아빠인 바수데바를 감옥에 가두고, 병사들과 개, 악마들로 하여금 감옥을 지키게 했다. 감옥 안에서 아이가 태어났고,

이 아이가 크리슈나다. 크리슈나는 태어나자마자 아빠에게 자신을 밖으로 옮기도록 했다. 아빠가 아이를 안고 나가려하자 감옥 문이 열리고, 감옥을 지키던 병사와 개, 악마들이 잠이 들었다. 아빠는 아기를 안고 밖으로 나갔다.

아기를 데리고 강을 건너려는데 강물이 많고 배가 없어서 강을 건너지 못했다. 그때 아기가 발을 살짝 빼서 강물에 대자 물이 줄어들었고, 아빠는 아기를 안고 걸어서 강을 건넜다. 강을 건넌 아빠는 아주 친한 친구네 집으로 갔다. 친구 부인이 마침 아이를 낳았고, 딸이었다. 아빠는 친구 아이와 크리슈나를 바꾸었다. 아빠는 여자 아이를 데리고 감옥으로 다시 돌아왔고, 크리슈나는 다른 집 엄마 품에 안겼다.

칸사는 뒤늦게 데바키가 아이를 낳았음을 알고, 감옥으로 찾아왔다. 군인들과 개, 악마들은 자신들이 잠들었는지도 몰랐다. 감옥은 그대로였고 아무것도 바뀌지 않았다. 칸사는 데바키가 나은 아이가 딸임을 보고는 빙그레 웃었다. 여자가 자신을 무너뜨리라고는 생각하지 않았기 때문이다. 그래서 칸사는 데바키와 바수데바를 풀어주었다.

크리슈나가 한 살 때, 여자 악마가 크리슈나를 죽이려 찾아왔다. 여자 악마는 예뻤다. 여자 악마는 크리슈나에게 젖을 빨려 독을 먹이려고 했다. 젖에는 독이 가득했다. 크리슈나가 젖을 빨았는데, 크리슈나는 독을 먹어도 괜찮았다. 오히려 크리슈나가 젖을 빠는 힘이 아주 세서 여자 악마는 모든 기운이 빨리고 말았다. 여자는 죽기 바로 전에 악마 모습으로 되돌아 왔다.

크리슈나가 두 살 때, 다시 악마가 찾아왔다. 악마는 크리슈나가 누운 침대 아래에 몰래 불을 붙였고 침대는 거센 불에 휩싸였다. 크리슈나는 몸을 비틀어 침대에서 내려온 뒤에 침대를 발로 걷어찼다. 불이 붙은 침대는 악마를 덮쳤고, 악마는 불에 타 죽었다.

세 살 때, 또 악마가 찾아왔다. 유모가 크리슈나를 데리고 정원을 거니는데 악마는 어마어마한 회오리바람을 일으켰다. 회오리바람은 유모와 크리슈나를 덮쳤다. 둘레에 있던 모든 건물도 회오리바람에 휩쓸려 부서졌다. 유모 몸이 회오리바람에 휩쓸려 죽을 위기에 처했다. 크리슈나는 옆에 있던 바위를 불끈 들어서 셋째 악마에게 던졌다. 바위는 셋째 악마를 짓이겼고, 악마가 죽자 회오리바람도 사라졌다.

네 살 때, 또다시 악마가 찾아왔다. 악마는 큰 뱀 모습을 하고 나타나서, 밖에서 놀던 크리슈나를 집어 삼켰다. 악마는 크리슈나를 죽였다고 생각했지만 착각이었다. 크리슈나는 뱀 모습을 한 악마 뱃속에서 몸을 부풀렸다. 크리슈나 몸이 커지자 악마는 몸부림을 쳤고, 마침내 온몸이 터져 죽었다.

다섯 살 때, 크리슈나는 형제인 발라라마와 함께 숲으로 놀러갔다. 그때 불을 다루는 악마가 나타났다. 악마는 숲에 불을 지르고 모든 불길이 발라라마와 크리슈나를 덮치도록 했다. 둘은 뜨거워서 몸을 피하려했지만 피할 곳이 없었다. 어느 곳으로도 몸을 피할 곳이 없었다. 그때 크리슈나가 숨을 크게 들이쉬더니 불을 모조리 빨아들였다. 숲을 태우던 붉은 불꽃이 모조리 크리슈나 몸으로 빨려 들어갔다. 악마는 깜짝 놀랐다. 놀란 악마가 도망가려고 할 때 크리슈나가 빨아들였던 불을 악마에게 내뿜었다. 어마어마한 불꽃이 악마에게 휘몰아쳤다. 불을 다루는 악마는 크리슈나가 내뿜은 불을 다스리려고 했지만, 불기운이 악마가 감당할 수준이 아니었다. 거센 불꽃은 악마를 태워 죽였고, 악마가 죽자 불꽃도 잦아들었다.

이후 몇 차례 더 악마가 찾아왔지만 악마들은 크리슈나 털끝 하나 다치게 하지 못했다. 청년으로 자란 크리슈나는 여자들에게 인기가 많았다. 이미 결혼한 여자들도 크리슈나를 좋아했다. 여자들은 브라마 사제들이 인드라 신을 모시려고 바치는 제물을 크리슈나에게 주었다. 인드라 신은 자신에게 바칠 제물을 크리슈나에게 주는 여자들을 보고 노여웠다. 부아가 치민 인드라는 그 여자들을 혼내주겠다고 마음먹었다. 어느 날 여자들이 양떼를 이끌고 들판에 나갔을 때 인드라는 번개와 폭풍우를 일으켰다. 거대한 번개와 비가 양떼와 여자들을 덮쳤다. 모두 죽을 위기에 처했다. 그때 크리슈나가 나타나 거대한 산을 손으로 번쩍 치켜들었다. 산은 우산처럼 양떼와 여자들을 지켜주었다. 인드라가 아무리 번개와 비를 쏟아 부어도 양떼나 여자들은 전혀 다치지 않았다. 인드라는 크리슈나를 이길 수 없음을 알고 크리슈나를 찾아가 자신이 졌다고 인정했다.

크리슈나는 청년기에는 아주 자유롭게 살았다. 많은 여인과 사랑을 했고, 잔치를 즐겼다. 몇 달 동안 노래하고 춤추며 신나게 놀기도 했다. 여자들이 모두 크리슈나에 빠져서 크리슈나만 따라다니자 남자들이 크리슈나에게 여자들을 돌려달라고 간청했다. 크리슈나는 한참 축제를 즐긴 뒤에야 남자들 부탁을 받아들여 여자들을 돌려보냈다.

칸사는 크리슈나가 자신을 죽일 비슈누 아바타임을 뒤늦게 알았다. 감옥에서 데바키와 바수데바가 자신을 속였다는 사실도 알아차렸다. 화가 난 칸사는 데바키와 바수데바를 붙잡아 감옥에 가두었다. 그러고는 제 밑에 있는 악마들을 불러 크리슈나를 치게 했다.

크리슈나는 목동들과 함께 즐겁게 지냈는데, 칸사가 크리슈나가 있는 곳을 알아냈다. 칸사가 보낸 악마들이 목동들과 함께 놀던 크리슈나를 공격했다. 악마는 거대한 소 모습으로 목동들에게 돌진했다. 양떼가 죽어나가고 몇몇 목동들이 크게 다쳤다. 부아가 치민 크리슈나는 거대한 소머리를 두 손으로 붙잡은 뒤 소뿔을 부러뜨렸고, 소 모습을 한 악마는 죽었다.

어느 날, 목동들에게 멋진 말 한 마리가 나타났다. 어디서도 본 적 없는 우아한 말이었다. 목동들은 말에 타 보고 싶었으나 말은 아무도 태워주지 않았다. 크리슈나가 오자 말은 얌전해지더니 크리슈나를 제 등에 태웠다. 말은 들판을 질주했다. 엄청난 빠르기였다. 그러다 거대한 절벽으로 그대로 내달렸다. 크리슈나를 떨어뜨려 죽이려는 목적이었다. 말은 악마였다. 악마는 새로 변해 하늘로 날아올랐고 크리슈나는 그대로 절벽 아래로 떨어질 위기에 처했다. 그러나 크리슈나는 공중에서 악마 목을 잡아 비틀었다. 악마는 그대로 목이 부러져 죽었다. 크리슈나는 절벽 아래로 떨어지지 않고 악마에게 달린 날개를 타고 땅으로 내려왔다.

소와 말로 변한 악마를 죽인 뒤 크리슈나는 더는 자유롭게 삶을 즐길 수 없음을 알았다. 크리슈나는 제 어머니와 아버지가 감옥에 갇힌 사실도 알았다. 크리슈나는 형제인 발라라마와 함께 칸사를 치러 갔다. 칸사는 온갖 악마와 병사들을 동원해 크리슈나를 공격했지만, 아무도 크리슈나를 막지 못했다. 칸사는 마지막 수단으로 크리슈나 아버지와 어머니를 데려와 위협하며, 크리슈나에게 항복을 강요했다. 그러나 이는 크리슈나를 더욱 노여워하게 만들었다. 크리슈나는 전혀 굴복하지 않고 빠르게 움직여 아버지와 어머니를 구한 뒤, 칸사를 따르던 악마들을 모조리 죽였다. 칸사는 놀라서 도망을 쳤지만 크리슈나보다 빠르지 못했다. 크리슈나는 칸사를 붙잡아 찢어 죽였다.

크리슈나가 칸사를 죽였지만 악은 여전히 강했다. 칸사가 있는 동안 악이 온 누리 곳곳으로 퍼졌기 때문이다. 칸사가 죽자 악마들은 대규모로 뭉쳐 크리슈나를 치려고 하였다. 어마어마한 악마 군대가 크리슈나가 있는 성을 공격했다. 그때마다 크리슈나와 발라라마는 악마 군대를 물리쳤지만, 아무리 물리쳐도 공격은 끊이지 않았다. 그때까지 크리슈나가 머물던 성은 방어하기에 좋지 않았다. 크리슈나는 방어하기 좋은 곳으로 왕궁을 옮겼고, 악마들은 새로운 왕궁으로 또 쳐들어왔다. 새로운 왕궁은 적을 막기에 좋았기에 크리슈나는 유리한 지형을 활용해 악마들을 모조리 물리쳤다.

그 뒤부터 사람들은 크리슈나를 신으로 모시고 떠받들었다. 악마들도 더는 크리슈나를 공격하지 않았다. 그러나 악마와 벌이는 전투가 끝나지는 않았다. 그 뒤 크리슈나는 신과 같은 존재가 되어 사람들에게 큰 가르침을 주었다.

바라타족이 세운 쿠루국에 두 왕자가 살았다. 형인 드리트라슈트라가 왕위에 올라야 했으나 앞을 못 보기에 형은 동생인 판두에게 왕 자리를 양보했다. 판두는 나라를 더할 나위 없이 잘 다스렸다. 판두는 아들 다섯을 두었다. 그런데 판두가 왕위를 물려주기도 전에 죽고 말았다. 판두가 갑작스럽게 죽자 형인 드리트라슈트라가 다시 왕위에 올랐다. 드리트라슈트라는 판두 첫째 아들에게 왕 자리를 물려주려고 했다. 그러나 드리트라슈트라 아들들 생각은 달랐다. 드리트라슈트라 아들들은 자신들이 왕위를 물려받아야 한다고 생각했다. 갈등이 생기자 드리트라슈트라는 나라를 둘로 나누어 제 아들들과 판두 다섯 아들에게 각각 나누어 주려고 했다. 그러나 드리트라슈트라 아들들은 이를 거부하고, 판두 다섯 아들을 공격했다. 갑작스런 공격에 판두 다섯 아들은 제 땅을 빼앗기고 떠돌아 다녔다.

떠돌던 판두 다섯 아들은 점점 힘을 길렀고, 결국 드리트라슈트라 아들들에게 제 나라를 돌려달라고 요구하였다. 그들은 그저 드리트라슈트라가 준 반쪽 나라만 얻기를 바랐다. 그러나 드리트라슈트라 아들들은 이를 받아들이지 않았다. 그리하여 두 형제들 사이에서 전쟁이 벌어졌다.

판두 다섯 아들 가운데 한 명이 아르주나였다. 아르주나는 뛰어난 전사였지만 싸우기 싫었다. 형제끼리 싸우기 싫었고, 같은 종족을 죽이고 싶지도 않았다. 그때 크리슈나가 나타나 아르주나에게 전쟁에 나서라고 설득한다. 아르주나는 크리슈나 말을 선뜻 받아들이지 않는다. 싸움에 나서야 하는 까닭을 스스로 찾을 때까지 끊임없이 묻는다.

"아르주나여, 이 싸움은 잘못된 세상을 바로잡는 전쟁이다. 전사는 정의를 이루려고 싸워야 한다. 어긋난 길을 바로잡는 길에 나서는 일이야 말로 전사가 타고난 사명이다. 이 사명을 거부해서는 안 된다. 사람은 꼭 이루어야 할 사명을 지니고 이 땅에 태어나며, 그 사명을 꼭 받아들여야 한다. 사람은 신이 준 사명을 따라야 한다. 일이 어찌될지 생각하지 말고, 제 사명을 따라 살아야 한다. 그대가 전쟁에 나간 뒤에 어떤 결과를 낳을지 그대는 생각하지 마라! 결과는 그대 몫이 아니다. 결과를 걱정해서 사명을 피하면 안 된다. 성공과 실패는 그대에겐 중요할지 몰라도 신에게는 아니다. 그러니 사명대로 살라! 그대가 할 일은 오직 그뿐이다."

이렇게 크리슈나가 아르주나를 설득했고, 아르주나는 크리슈나 설득에 넘어가 전쟁에 나서서 적을 모조리 무찌른다. 이때 벌인 싸움을 기록한 책이 '마하바라타'이며, 마하바라타 가운데 크리슈나와 아르주나가 주고받은 대화 내용을 기록한 대목을 '바가바드기타'라고 하는데, 힌두교에서 가장 위대한 경전으로 떠받든다.

크리슈나는 세상에 태어나서 이루어야 할 사명을 모두 이루었다. 어느 날 크리슈나가 무화과나무 아래에서 요가를 하고 있었다. 그때 한 사냥꾼이 크리슈나 발을 보고 사슴인 줄 알고 활을 쏘았다. 사냥꾼이 쏜 화살에는 어떤 사제들이 저주를 내려 만든 화살촉이 달려 있었다. 사냥꾼이 쏜 화살은 크리슈나 발을 꿰뚫었고, 크리슈나는 서서히 죽어갔다. 사냥꾼은 사슴이 아니라 크리슈나를 쏘았음을 알고는 화들짝 놀라 무릎을 꿇고 용서를 빌었고, 크리슈나는 웃으며 사냥꾼을 용서했다. 크리슈나는 사명을 다한 이답게 옅은 웃음을 머금으며 사람 몸에서 벗어났다.

＊ ＊ ＊

이제까지 들었던 신화 가운데 크리슈나 이야기가 가장 재미있었다. 정말 신나는 이야기였다. 무엇보다 사명이란 말이 가슴을 깊이 울렸다. 나도 내 사명이 뭔지 알면 참 좋겠다고 생각했다. 그럼 골치 아프게 고민하지 않고 그 길로 가면 되니까 말이다.

"진짜 재미있어요. 인도 사람들 상상력은 정말 엄청나네요."

"크리슈나 이야기는 수많은 신화 가운데 하나일 뿐이야. 인도 사람들에게는 인도 사람 수 만큼 신이 있고, 그 신에겐 모두 신화가 있으니까."

"아무리 생각해도 인도는 지나치게 복잡해요."

"맞아. 인도는 한마디로 이렇다 저렇다 딱 부러지게 말할 수 없는 나라야."

외삼촌도 나와 뜻을 같이했다.

"딱 부러지게 말할 수 없는 나라, 이 말이 인도에 가장 어울리는 말이지."

"그러게요. 인도는 참 남달라요."

내 말을 들은 외삼촌은 고개를 세차게 흔들었다.

"사람들은 인도가 참 남다르다고 여겨. 인도 사람 숫자만큼 많은 신들을 숭배하고, 수없이 많은 다름이 넘쳐나는 인도가 이상하다고 여기지. 그런데, 어쩌면, 한국인이라는 말로 한반도에 사는 사람들을 두루뭉술하게 묶는 우리가 잘못되지 않았을까? 어떻게 5천만 명이나 되는 사람을 그냥 한국인으로 묶을 수 있지? 김현이란 이름을 지닌 나조차 어제가 다르고, 오늘이 달라. 내 됨됨이, 내 재주, 내 느낌, 내 생각이 무엇인지 나조차 잘 몰라. 나도 나를 잘 모르는데, 나도 언제든 바뀌는데, 수없이 많은 한국인을 한국인이라는 한 묶음으로 무리지어 불러도 될까?"

외삼촌은 조금 흥분한 듯했다.

"여자는 이래, 남자는 이래 하는 말이 있어. 여자가 다 같나? 말도 안 되지. 여자들은 다 그래? 얼마나 어처구니없는 말이야. 온누리에 수십 억 여자가 있는데 어떻게 '여자들은 다 그래!'라는 말ㅌ을 할 수가 있을까? 사람은 달라. 물론 닮은 점도 많지만, 닮음은 말 그대로 그냥 닮음일 뿐이야. 인도는 같다는 착각을 깨버리는 곳이야. 사람이 얼마나 다른지 일깨우고, 사람이 제각기 제 신을 모셔야 함을 알려주지."

되받아칠 말이 잘 떠오르지 않았다. 그렇지만 선뜻 받아들이기도 힘들었다.

"그래도, 제각기 신을 다 모시다니 말이 돼요? 그렇게 많은 신, 다 지어냈잖아요."

나는 애써 내 논리를 지어냈다.

"지어낸 이야기일 수도 있지. 아니 지어낸 이야기야. 한편으론 거대한 이야기가 각 사람에게 들어가 아바타가 되어 펼쳐진 이야기일 수도 있어. 사람은 제 눈으로 세상을 보지. 하나뿐인 절대자를 모시는 기독교인들이 절대자 한 분을 모신 듯하지만, 과연 그 수많은 기독교인들이 믿는 하나님이 다 같은 하나님일까? 그냥 같은 하나님이라고 믿지만 모두 제 마음에서 빚어낸 하나님을 믿고 있지는 않을까? 어차피 유한한 인간은 무한한 신을 다 알지는 못해. 우린 스스로가 믿는 신, 스스로가 만난 신밖에 몰라. 아브라함에게는 아브라함이 만난 신이 있고, 요셉에겐 요셉이 만난 신이 있으며, 다윗에겐 다윗이 만난 신이 있어. 장님이 코끼리를 만질 때 각자 자신이 만진 곳만 믿고 그게 전부라고 말하지. 우리가 바로 그런 꼴이야. 어차피 사람은 각자가 만나는 신을 느끼고, 스스로 한 경험을 통해 신에게 다가갈 수밖에 없어. 그런 점에서 인도에 있는 수없이 많은 신, 인도 사람 숫자만큼 많다는 신은 전혀 이상하지 않아."

외삼촌은 깊이 숨을 들이켰다.

"어쩌면 각자가 만나는 신을 인정하지 않고, 모두 똑같은 신만 따르라고 하는 것이 폭력일지도 몰라. 그래서 옛날부터 종교라는 이름으로 전쟁을 치렀고, 지금도 종교 때문에 다툼이 끊이지 않지."

다 알아들을 수는 없었다. 나는 신을 모른다. 종교도 모른다. 다윗이니 요셉이니 따위 이름도 처음 들었다. 그러나 다르기에 느꼈던 고통은 안다. 어렴풋이 인도가 좋아졌다. 그리고 묻고 싶어졌다. 내 앞에 크리슈나가 나타난다면 내 사명이 무엇인지, 내가 무엇을 하려고 이 땅에 태어났는지를…….

'크리슈나여, 있다면 말해주세요. 제 사명이 도대체 무엇입니까? 저는 이 땅에 무엇을 하러 태어났습니까?'

답은 없었다. 비행기 창문 아래로 구름 산맥이 펼쳐졌다. 나는 하늘 위를 난다. 옛사람들은 이렇게 하늘을 나는 이를 신이라고 불렀다. 피식, 웃음이 나왔다. 과학은 인류에게 큰 선물이기도 하지만, 재미난 이야기와 상상력을 빼앗아 간 못된 도둑이기도 했다.

10

# 이집트_죽음의 신 오시리스와 아누비스

우리는 카이로에 온 뒤로 아주 멋진 호텔에 묵었다. 나일 강이 내려다보이는 호텔이었는데 건물 옥상에 크고 멋진 수영장이 있어서 재미있게 놀았다. 외삼촌은 이집트에 온 첫째 날, 딱 하루만 나와 함께 호텔에서 지냈다. 호텔 안에서도 외삼촌은 이곳저곳에 잇따라 전화를 했다. 전화 통화를 한 곳이 수십 곳이 넘었다. 외삼촌 말은 단 하나도 알아들을 수 없었다. 아무래도 아랍어 같았다. 외삼촌은 도대체 몇 개 나라 말을 하는 걸까? 난 어디 가나 외삼촌이 통역을 끼고 말하는 모습을 본 적이 없다. 언제 어디서나 늘 그 나라 말을 했다. 10년 동안 외삼촌이 어떻게 살았는지 정말 궁금했다. 이 여행이 끝나면 꼭 외삼촌이 10년 동안 지내온 이야기를 꼭 들어야겠다고 다짐했다.

둘째 날, 외삼촌은 일찍 밖으로 나가면서 나보고 어떤 일이 있어도 밖으로 나가지 말라고 했다.

"무슨 일이 있어도 호텔 밖으로 나가지 마."

나는 외삼촌이 그렇게 말하지 않아도 나갈 생각이 없었다. 말도 통하지 않고, 무엇보다 호텔에서 지내기가 정말 좋았기 때문이다.

"나는 저녁 늦게 돌아올 거야. 만약 내가 돌아오지 않으면 하루 기다렸다가, 다른 곳 말고 대사관에 전화를 해. 다른 사람은 절대 믿지 말고, 오직 대사관 직원만 믿고 움직여. 알았지?"

"외삼촌, 혹시 위험한 일 하시는 거예요?"

"내 걱정은 안 해도 돼. 아직까진 생각보다 위험하지 않았어. 이제 곧 이 일도 마무리가 될 거야. 그때는 마음 놓고 돌아다니자."

그렇게 말하고 외삼촌은 밖으로 나갔다. 그날 나는 외삼촌을 걱정하면서도 호텔에서 마음 놓고 즐겼다. 나일 강을 내려다보며 즐기는 수영은 해도 해도 질리지 않았다. 음식도 입에 딱 맞았다. 외삼촌은 저녁 늦게 돌아왔다. 셋째 날도 비슷하게 지냈고, 외삼촌은 또 저녁 늦게 돌아왔다. 넷째 날, 호텔에서 지내기가 좋기는 했지만 조금씩 답답해졌다. 그래도 호텔 밖으로 나가진 않았다. 그날도 외삼촌은 조금 더 늦게 돌아왔다. 나는 아무것도 묻지 않았다.

우리가 호텔에 머문 지 다섯째 날이었다. 외삼촌이 늦게 들어오는 것에도 익숙해질 무렵이었다. 수영을 하고 점심을 먹고 방에 들어왔는데 호텔 전화가 울렸다. 전화를 받았다.

"혹시, 김현 씨 아세요?"

여자 목소리였다. 이집트에서 처음 듣는 한국말이었다. 그런데 그 입에서 외삼촌 이름이 나왔다.

"제 외삼촌인데요?"

겁이 덜컥 났다.

"외삼촌한테 무슨 일 생겼나요?"

가슴이 벌렁벌렁 뛰었다.

"네. 김현 씨가 사고를 당했는데, 여행 기록에 같이 다닌 사람이 있어서 물어물어 전화를 했습니다."

손이 떨렸다. 눈앞이 뽀얗게 바뀌며 잘 보이지 않았다.

'대사관 직원이 아니면 믿지 마!'

걱정과 겁이 몰려드는데, 문득 외삼촌 말이 떠올랐다.

"그런데 전화 건 분은 누구시죠?"

"저는 주 이집트 대한민국 대사관 2등 서기관 김효민입니다."

대사관 직원이라니, 일단 마음이 놓였다.

"외삼촌이 많이 다쳤나요?"

"병원 응급실에 있는데 보호자가 있어야 합니다. 수술이 급한데 보호자가 없어서 수술을 하지 못하고 있습니다. 제가 지금 차로 그 쪽으로 가니까 5분 후에 뵙겠습니다. 호텔 밖 도로로 나오세요."

외삼촌이 응급실에 있다니, 더구나 수술이라니? 머리가 멍해졌다. 손이 떨리고 다리가 후들거렸다. 내가 병원에 가서 무엇을 한단 말인가? 나는 겨우 열다섯밖에 안 됐는데……. 내 머리엔 응급실에서 피를 흘리며 누워있는 외삼촌 모습이 떠올랐다. 더는 머뭇거릴 수 없었다. 호텔방을 빠져 나와 빠르게 밖으로 나갔다. 호텔 정문 앞으로 나가니, 곧바로 검은 승용차 한 대가 왔다.

"혹시 김현 씨 조카세요?"

창문이 열리고 정장을 입은 여자가 고개를 내밀었다.

"네, 제가 권민지입니다."

"빨리 타세요. 대사관에서 온 김효민입니다."

나는 차 안은 잘 살피지도 않고 서둘러 탔다. 운전자는 검은 옷을 입은 남자였다. 마찬가지로 한국 사람이었다. 김효민 서기관은 내 손을 꼭 붙잡았다.

"외삼촌이 많이 안 좋나요?"

"피를 많이 흘려서 한시라도 빨리 수술을 해야 합니다."

"도대체 어떻게 해서 다친 거죠?"

손이 부들부들 떨렸다.

"그렇게 걱정하진 마세요. 응급처치는 했고, 수술을 하면 살 수 있다고 하니까."

숨이 가빴다.

김효민 서기관은 내 등을 토닥토닥 두드리더니 차 안에 있던 음료수를 건넸다.

"이거 마셔요. 숨을 깊이 들이 마시고, 잠깐만 마음을 가라앉혀요."

나는 김효민 서기관이 건네 준 음료수를 마셨다. 단 맛이 셌다. 깊이 숨을 들이마시고 내뱉기를 몇 번 거듭했다. 가슴도 덜 뛰었다. 졸리기까지 했다. 문득, 김효민 서기관을 어디선가 본 듯한 느낌이 들었다. 어디서 봤더라, 어디서 여러 번 본 얼굴인데…….

'아!'

그 여자다. 인도 거리에서 본 한국인 여자, 어디에선가 본 듯한 여자, 그러고 보니 생각난다. 내몽골 자치구에서 낙타를 타고 갈 때 저 얼굴을 봤다. 마스크를 잠깐 벗었을 때 본 얼굴이다. 페루에서도 봤다. 쿠스코 거리에서 소 심장으로 만든 꼬치구이인 안띠꾸초를 먹을 때 바로 같이 나란히 서 있던 여자다. 안데스 산맥 돌길을 걸을 때도 얼핏 봤다. 인도 거리에서도 세 번이나 봤고, 히말라야 산맥을 오를 때도 봤다. 왜 이제야 생각이 나는 걸까? 외삼촌이 좋아서 따라다니는 여자 같지는 않았다. 그렇다면 외삼촌이 쫓는 그 무엇을 같이 쫓거나, 외삼촌을 노리는 사람이다. 진즉 외삼촌에게 얘기할 걸 그랬다.

'그럼, 이건 혹시 함정!'

눈을 뜨려고 했으나, 눈이 떠지지 않았다. 잠이 쏟아졌다. 몸이 움직이지 않았다.

이 사람들은 나를 왜 끌고 갈까? 외삼촌도 나처럼 잡혀 갔을까? 이 사람들은 나를 죽이려고 할까? 죽음, 죽음이란 낱말이 나에게 찾아오다니. 이집트로 오는 비행기에서 외삼촌은 이집트 신화를 들려주면서 죽음이란 낱말을 여러 번 입에 올렸다.

"이집트인들은 죽음을 깊이 생각했고, 죽음은 이집트 문화를 이루는 기둥이었지. 그렇다고 삶을 소홀히 다루진 않았어. 죽음은 삶과 함께였고, 한 몸이었지. 이집트를 보면 나일 강이 흐르는 곳과 그렇지 않은 곳이 전혀 달라. 나일 강이 흐르는 곳은 말 그대로 젖과 꿀이 흐르는 복 받은 땅이지만, 그밖에는 사막으로 죽음을 떠올리게 하는 땅이야. 나일 강은 삶, 사막은 죽음, 그러니 삶과 죽음이 함께 하는 문화가 생겨날 수밖에 없어. 나일 강도 삶과 죽음이 함께 해. 해마다 나일 강에서는 엄청난 홍수가 일어나는데 홍수는 농경지를 무섭게 휩쓸고 지나가. 마치 죽음을 다스리는 신이 땅에 나타나듯이. 홍수에 휩쓸리면 죽을 수밖에 없어. 이처럼 무서운 홍수지만 홍수가 지나고 나면 나일 강엔 풍요가 찾아온단다. 홍수가 끌고 온 기름진 흙이 농경지를 더 없이 비옥하게 만들거든. 그래서 홍수는 죽음이자 생명이야. 이집트인들이 삶과 죽음을 둘이 아니라 하나로 본 까닭이지."

이집트 신화에서 널리 알려지고, 고대 이집트인들이 가장 많이 숭배하던 신이 오시리스다. 오시리스는 죽음을 다스리는 신이다.

"오시리스는 죽음을 다스리는 신이야. 오시리스는 형제인 세트에게 죽임을 당했다가, 아내인 이시스가 죽은 몸을 미라로 만들면서 되살아나. 그러고는 죽음을 다스리는 신이 되지. 죽음을 가까이 했던 이집트인들이니 오시리스를 좋아할 수밖에 없었지. 이집트인들이 미라를 만든 까닭은 되살아나기 위해서야. 제 몸을 그대로 갖추고 있으면 영혼이 돌아와 되살아난다고 믿었기에 이집트인들은 미라를 만들었어. 고대 이집트인들이 그린 그림을 보면 얼굴은 옆으로 몸은 앞을 보게 그렸어. 이는 사람 겉모습을 있는 그대로 다 보여주려는 뜻이야. 얼굴을 앞으로 하면 코가 드러나지 않고, 몸을 옆으로 하면 몸이 어떤지 알지 못하니까. 몸을 제대로 그려놓아야 영혼이 되살아날 때 몸에 맞춰 되살아난다고 믿었어. 그림을 그릴 때도 몸을 제대로 알아차리도록 그렸을 만큼 죽음에서 되살아나 영원한 생명을 누리고 싶은 소망이 깊었지. 신화에서는 아내인 이시스가 남편인 오시리스 몸을 미라로 만들었기에 오시리스가 되살아났다고 해. 되살아난 뒤엔 더 큰 축복이 찾아오지. 홍수가 지나간 나일 강이 더 풍요로워지듯이."

외삼촌은 늘 자연환경이 삶에 끼치는 점을 말하면서 신화에 담긴 뜻을 풀어주었다. 사람은 자연을 떠나서 살 수 없을 뿐 아니라, 자연이 살아가는 틀을 만들어주기 때문이다. 이집트는 삶과 죽음이 함께 하는 곳이다. 아니 삶보다 죽음이 더 큰 곳이다.

그래서 내가 이런 일을 겪는 걸까? 만약에, 만약에 내가 죽으면, 이집트에서 목숨을 잃으면, 나는 오시리스가 다스리는 곳으로 끌려갈까? 내가 죽으면 오시리스를 만나게 될까? 두려움이 몸을 얼어붙게 만들었다. 점점 머리가 몽롱해지면서 더는 생각이 떠오르지 않았다. 나는 깊은 잠에 빠져 들었다.

* * *

처음에는 태양신 '라'가 우주를 몸소 다스렸다. 라는 온 우주를 지은 이요 으뜸 신이다. 라가 나이가 들면서 힘이 약해지자, 땅을 직접 다스리지 않고 하늘로 올라갔다. 게브는 땅을 다스리는 남신이요, 누트는 하늘을 다스리는 여신이다. 누트는 낮에는 게브와 떨어지지만 밤이 되면 땅으로 내려왔고 땅은 어둠에 잠긴다. 누트와 게브는 오시리스, 이시스, 세트, 네티피스를 낳았다. 오시리스와 세트는 남신이고, 이시스와 네티피스는 여신이다. 오시리스는 이시스와 결혼했고, 세트는 네티피스와 결혼했다. 오시리스는 게브와 누트가 낳은 첫째 아들이었기에 사람들을 다스리는 자리에 올랐다.

처음에 사람들은 농사도 지을 줄 모르고, 문명도 몰랐다. 오시리스는 짐승처럼 사는 사람들에게 농사법과 문명을 가르쳤다. 옥수수, 밀, 보리, 포도 등을 심고 기르는 법을 가르치고, 사람들과 어울려 살 때 있어야 할 예술, 문화, 법, 제도도 만들었다. 사람들은 처음에는 짐승처럼 살려고 하였으나 오시리스는 끈질기게 사람들을 일일이 말로 깨우쳐서 따르게 하였다. 오시리스는 단 한 번도 억지 힘을 쓰지 않았으며, 오직 말로만 사람들을 이끌었다. 오시리스는 농업을 가르치고 생명을 낳고 기르는 일을 맡았기에 사람들은 생명과 탄생, 농업을 다스리는 신으로 오시리스를 떠받들었다. 오시리스는 나일 강을 다스리며 풍요와 다산을 사람들에게 선물했다.

세트는 사막을 다스리는 신이었다. 세트는 오시리스를 질투하며 자기가 으뜸 자리에 오르고 싶었다. 세트는 고민 끝에 오시리스를 없앨 꿍꿍이를 품었다. 세트는 잔치를 열고 오시리스를 초대했다. 잔치가 한창일 때 세트는 아름다운 상자 하나를 내보였다.

"이 아름다운 상자는 아주 남다릅니다. 몸이 딱 들어맞는 분에게 이 상자를 드리겠습니다."

상자를 탐낸 신들은 너도나도 상자 안에 들어갔지만 어느 누구 몸에도 맞지 않았다. 그도 그럴 것이 세트가 일부러 오리시스 몸에 맞도록 상자를 만들었기 때문이다. 마지막으로 오시리스가 상자 안에 들어갔다. 상자는 오시리스 몸에 딱 맞았다. 그때 세트는 상자 뚜껑을 닫더니 못으로 단단히 박아버렸다. 오시리스가 든 상자를 꽁꽁 묶은 뒤 세트는 상자를 나일 강에 던져버렸다. 오시리스를 없앤 뒤 세트는 사람들을 다스리는 자리에 올랐다.

오시리스가 상자에 갇힌 채 나일 강에 버려졌다는 이야기를 들은 이시스는 남편을 찾아 나섰다. 한편 오시리스가 갇힌 상자는 나일 강을 지나 바다를 건너 먼 나라까지 흘러갔다. 상자가 멈춘 곳에서 아주 큰 나무가 빠르게 자랐는데, 나무가 상자를 그 안에 품었다. 그 나라 왕은 엄청난 크기로 자란 나무에 놀라 나무를 베어 궁궐 기둥으로 쓰도록 했다. 이시스는 사람 모습을 하고 소문을 좇아 그 나라로 갔다. 이시스는 오시리스가 갇힌 상자가 궁궐 기둥으로 쓰였다는 이야기를 듣고는 궁궐로 들어가기로 한다.

이시스는 여왕을 모시는 하녀들과 가까워졌고, 하녀들 소개로 왕궁에 들어간다. 마침 여왕이 아들을 낳았는데 여왕 눈에 든 이시스는 아들을 돌보는 일을 떠맡는다. 이시스는 마법을 부릴 줄 알았다. 그래서 아이에게 제 손가락을 빨리며 죽음을 몰아내고, 죽지 않는 몸을 만들어 주려 하였다. 그러나 여왕이 그 모습을 보고 놀라 소리를 지르는 바람에 이시스 뜻이 꺾이고 말았다.

“며칠만 기다렸다면 이 아이는 죽음을 벗어난 사람이 되었을 텐데, 안타깝구나.”

이시스는 사람 모습을 벗어던지고 신으로 되돌아왔다. 왕비와 왕은 깜짝 놀랐다.

“신이시여, 무엇을 바라십니까?”

“나는 이 궁궐에서 가장 두꺼운 기둥을 나에게 건네기를 바란다.”

왕과 왕비는 이시스가 바라는 대로 기둥을 내주었다.

이시스는 기둥을 갈랐고 그 안에서 상자를 꺼냈다. 상자를 열었는데 오리시스는 이미 죽은 뒤였다. 죽은 오시리스를 담은 상자를 들고 이집트로 돌아오면서 이시스는 한스럽게 울었다. 그 울음이 하늘 높은 곳까지 올라 태양신 라에게도 들렸다. 라가 이시스를 찾아왔다.

"남편이 죽어서 그리 우느냐?"

태양신 라가 이시스에게 물었다.

"남편이 죽어서도 슬지만, 남편 뒤를 이을 아이가 없기에 더욱 더 슬픕니다."

이시스에게서 흘러나온 슬픔은 태양신 라 마음도 어둡게 만들었다. 태양신 라 마음이 어두워지자 하늘은 빛을 잃고 어둠에 잠겼다. 해가 떠야 하는 낮인데도 빛은 한 줄기도 보이지 않았다.

"내 너를 안타까이 여겨 네가 오시리스 아들을 낳게 해주리라."

말이 끝나자마자 태양신 라 몸에서 빛이 쏟아져 오시리스에게 들어갔고, 그 빛은 오시리스를 휘감더니 다시 이시스 몸으로 스며들었다. 따스한 기운이 이시스 아랫배를 채우더니 곧바로 아이가 생겨났다. 이시스는 세트 눈을 피해 섬으로 들어갔다. 이시스는 오시리스 아들을 몰래 낳아 기른 뒤 세트에게 복수할 계획을 세웠다. 아들이 세트를 물리칠 힘을 키울 때까지는 세트 눈을 피해 살아야 했다. 어느 날 이시스가 잠깐 자리를 비운 사이 세트가 그 섬으로 사냥을 왔다가 상자에 담긴 오리시스를 찾아낸다. 세트는 오리시스 시체를 보고 마음이 놓였지만, 혹시나 오리시스가 다시 살아날까 봐 두려웠다. 그래서 죽은 오리시스 몸을 열두 조각 낸 뒤에 이집트 곳곳에 버렸다.

뒤늦게 이 사실을 안 이시스는 땅을 치며 후회했다. 제 남편 몸이 열두 개로 잘려 이집트 곳곳에 버려졌다는 말을 듣고 뼈에 사무치게 울었다. 그러나 이시스는 울고만 있지는 않았다. 이시스는 온갖 고생을 하며 이집트 곳곳을 다닌 끝에 오시리스 몸을 열한 조각 되찾았다. 몸 가운데 하나는 찾지 못했고, 찾지 못한 몸은 진흙으로 만들어 몸에 붙였다. 몸을 하나로 합친 뒤 이시스는 시신이 영원히 훼손되지 않도록 미라로 만들었다. 그러고는 오랫동안 오시리스 부활을 기원하는 제사를 지냈다.

이시스가 기울인 정성이 지극하고 또 지극했기에 온 신들과 우주에 깃든 기운이 오시리스에게 스며들었다. 태양신 라도 오시리스에게 기운을 보냈다. 마침내 오시리스는 죽음을 벗어던지고 되살아났다. 오시리스가 되살아났기에 세트는 사람을 다스리는 자리에서 물러나야 하며, 오시리스가 그 자리를 다시 차지해야 맞았지만 그럴 수는 없었다. 비록 오시리스가 다시 살아났다고는 하나 죽은 몸이 다시 살아나 산 사람들을 다스릴 수는 없었다. 그러면 라가 온 누리를 지은 뒤에 이어온 질서가 무너진다. 질서가 무너지면 온 누리가 어지러워진다.

어쩔 수 없이 오시리스는 저승으로 간 뒤에 죽은 이들을 다스리는 자리에 오른다. 오시리스는 산 사람을 다스릴 때처럼 죽은 이들을 공명정대하게 다스렸다. 죽은 이들은 이승에서 지은 죄를 공정하게 심판 받았고, 착한 일을 많이 한 사람은 복을 받았다.

오시리스는 되살아나서 저승을 다스리는 신이 되었으나, 이시스는 여전히 힘들게 지냈다. 세트가 이시스를 호시탐탐 노렸기 때문이다. 이시스는 아들을 낳았고, 아들 이름은 호루스였다. 이시스는 세트가 아들을 죽일까봐 언제나 걱정하며 지냈다. 어느 날 이시스가 잠깐 자리를 비운 사이에 어린 호루스가 독사에 물렸다. 독사는 바로 세트였다. 집으로 돌아온 이시스는 독사에 물려 점점 죽어가는 호루스를 보며 깜짝 놀랐다. 이시스는 자신이 아는 모든 주술과 비법을 써서 호루스 몸에 퍼진 독사 독을 없애려 했으나 뜻을 이루지 못했다. 호루스는 점점 죽어갔다. 이시스는 호루스가 죽으면 이 세상이 어둠과 악으로 뒤덮이리란 걸 알았다. 그래서 어떻게 해서든 호루스를 살려내려고 애썼지만, 호루스를 죽음으로 끌고 가는 독은 이시스가 지닌 힘을 넘어섰다.

이시스는 아들 목숨뿐 아니라 온 누리를 걱정하며 울었다. 그 울음이 땅을 적시고 하늘을 뒤덮었다. 하늘 높이 움직이던 태양신 라에게도 울음이 들렸다. 그 울음은 쇠사슬보다 차가운 가슴을 지닌 이라도 슬픔에 잠길 만큼 짙고 깊었다. 태양신 라도 그 울음에 붙잡혀 움직이지 못했다. 태양이 멈추고, 온 누리는 어둠에 빠졌다. 빛이 사라지자 사람들은 두려움에 떨었다. 이시스가 토해내는 슬픔에 뭇 목숨에 깃든 생명력마저 말라갔다. 생명들은 죽음을 두려워하며 태양신 라에게 호루스를 살려달라고 빌었다.

마침내 태양신 라는 제 힘을 호루스를 구하는데 써도 좋다고 허락했다. 토드는 태양신을 모시며 기록을 담당하고, 달을 다스리는 신이다. 그런 토드가 호루스에게 내려왔다.

“만물을 창조하고 질서를 만든 태양신 라에게 받은 힘으로 호루스에 깃든 모든 독에게 명하노니, 독이여 사라져라!”

토드가 이렇게 말하자 독은 바로 사라졌고, 호루스는 깨어났다. 태양신 라는 다시 움직였고, 다시 빛이 찾아들었으며, 뭇 목숨들은 생명력을 되찾았다.

그런데 죽음을 다스리는 신인 오시리스는 왜 호루스를 도울 수 없었을까? 죽음을 다스린다면서 제 자식이 죽어 가는데도 손 놓고 있을 수밖에 없는 까닭은 무엇인가? 이는 아직 오시리스가 온전히 되살아나지 못했기 때문이다. 오시리스가 완벽하게 되살아나려면 아들인 호루스가 아버지가 당한 억울함을 풀어야 한다. 세트를 벌하고, 오시리스 뒤를 이어 호루스가 사람들을 다스리는 자리에 올라야 하며, 호루스가 오시리스 뒤를 이은 신임을 선포해야 한다. 이러한 일이 이루어져야만 비로소 오시리스는 완벽하게 되살아난다. 오시리스는 오직 자식인 호루스를 통해서만 완전해진다.

호루스는 이시스 보살핌 아래 무럭무럭 자랐다. 오시리스는 밤이 되면 죽은 자들 세계에서 벗어나 이시스를 찾았고, 그때마다 호루스가 힘을 기르도록 도왔다. 마침내 호루스가 세트에 맞설 힘을 갖추었을 때 호루스는 세트에게 도전한다. 온 누리를 다스리는 자리를 놓고 세트와 호루스가 드디어 맞서 싸웠다.

처음엔 세트가 우세했다. 세트는 거대한 멧돼지로 몸을 바꿔 호루스를 공격했다. 호루스는 가까스로 멧돼지를 물리쳤으나 갑작스럽게 당한 공격으로 인해 왼쪽 눈을 잃었다. 눈 하나를 잃었기에 호루스는 세트에 맞서 싸울 수 없었다. 눈을 되찾아야 했다. 이번에도 토드 신이 도왔다. 토드 신은 호루스 왼쪽 눈에 달의 기운을 불어넣었다. 그로 인해 호루스 오른쪽 눈은 태양의 기운, 왼쪽 눈은 달의 기운을 받게 되었다. 이제 호루스 왼쪽 눈은 검은 빛을 띠며, 무엇이든 치유하는 힘을 지니게 되었다. 낮이 되면 오른쪽 눈이 세상을 밝게 비추고, 밤이 되면 왼쪽 눈으로 어둠을 꿰뚫어 보았다. 눈을 되찾고 힘도 더 강해진 호루스는 매로 몸을 바꿔 땅에 머무는 세트를 공격했다. 멧돼지로 변한 세트는 매에 맞서지 못하자 악어로 변해 나일 강으로 스며들었다. 호루스는 나일 강 물을 세차게 흐르게 하여 악어로 변한 세트를 공격했다. 세트는 처음에는 거센 물길에 맞서 어떻게든 해 보려고 했으나 더는 견디지 못하고 뱀으로 변해 사막으로 도망을 쳤다. 호루스는 사막까지 쫓아가 세트를 공격했으나, 사막에선 세트가 훨씬 강했다. 뜨거운 열기와 모래폭풍이 호루스를 휘몰아쳤고, 호루스는 더는 견디지 못하고 나일 강 쪽으로 물러났다.

둘이 아무리 싸워도 승부가 나지 않았다. 둘이 끝없이 싸우자 사람들은 두려움에 떨었다. 호루스와 세트가 싸울 때마다 땅이 흔들리고, 폭풍이 불고, 거센 모래바람이 일어나고, 나일 강이 휘몰아쳤기 때문이다. 온 누리가 뒤죽박죽이 되어가니 신들도 더는 둘이 벌이는 싸움을 지켜보기만 할 수는 없었다. 마침내 태양신 라가 모든 신들을 불러들여 재판을 열었다.

처음에는 세트가 유리했다.

"호루스는 이시스가 낳았는데, 이시스가 호루스를 임신했을 때 오시리스는 죽은 몸이었습니다. 죽은 몸으로 자식을 임신하게 할 수는 없습니다. 호루스는 오시리스 아들이 아닙니다. 오시리스 아들도 아니고, 누구 자식인지도 모르는 호루스가 이 땅을 다스려서는 안 됩니다."

많은 신들이 이 의견에 맞다고 여겼고, 호루스는 큰 위기에 몰렸다. 그때 이시스가 나섰다.

"물론 제가 임신했을 때 오시리스는 죽은 몸이었습니다. 저는 그때 오시리스가 자식도 남기지 못하고 죽었기에 몹시 슬펐습니다. 저는 오시리스 자식을 임신하게 해달라고 태양신 라께 간절히 빌었습니다. 태양신 라께서는 제 소망을 들으시고 당신께서 지닌 힘을 써서 오시리스 몸에 빛이 스며들게 하여 제가 호루스를 잉태하도록 해주었습니다. 따라서 호루스는 오시리스 아들일 뿐 아니라, 태양신 라 아들이기도 합니다. 그러니 어찌 호루스가 세상을 다스리는 자리에 어울리지 않는단 말입니까?"

이시스 말을 들은 모든 신들이 태양신 라를 쳐다보았다. 태양신 라는 옅게 웃으며 고개를 끄덕였다. 그 바람에 분위기는 아주 빠르게 호루스 쪽으로 쏠렸다.

"세트야말로 정당하지 못한 방법으로 제 남편인 오시리스를 죽음으로 내몰았습니다. 그 비겁함과 교묘함은 결코 용납해선 안 됩니다. 세트가 이 땅을 다스리면 사막이 나일 강을 덮치고, 태양신 라께서 지으신 거룩한 누리가 끝장나게 됩니다."

마침내 재판에서 호루스가 이겼다. 모든 신들은 호루스가 사람들을 다스려야 한다고 말했고, 세트는 사막으로 쫓겨났다. 정의가 이겼으며, 야만은 물러났다. 나일 강이 이기고 사막이 졌다. 풍요와 번영과 생명이 이겼으며, 공포와 삭막함과 죽음이 졌다.

마침내 호루스가 으뜸 자리에 오르자 오시리스는 완벽하게 되살아났다. 호루스는 태양신 라를 섬기며 이 세상을 다스렸고, 죽은 이들을 다스리는 오시리스에게도 가끔 찾아가 이승과 저승이 알맞게 균형을 이루도록 하였다.

그 뒤로 이집트를 다스리는 파라오들은 스스로를 호루스로 불렀으며, 죽은 뒤에는 오시리스가 된다고 하였다. 사람들은 살아서는 호루스를 섬기고, 죽어서는 오시리스를 섬겼으며, 죽은 몸은 미라로 남겨 오시리스처럼 되살아나 영원한 생명을 누리기를 바랐다.

* * *

눈을 떴다. 창문 밖으로 보이는 사막이 세트 신처럼 보였다. 창문 밖 쇠창살이 밖으로 빠져나가지 못하게 가로막았다. 벽은 모두 단단한 벽돌이고, 철로 된 문은 밖에서 잠겨 열리지 않았다. 소리를 질렀지만 아무도 오지 않았다. 어떻게 할까 머리를 굴렸지만 뾰족한 수가 떠오르지 않았다. 가만히 앉아 사막만 봤다. 사막엔 아무런 움직임이 없었다. 밧줄에 묶인 손목이 몹시 아팠다. 나는 어떻게 될까? 외삼촌은 어디에 있을까? 저 사람들은 도대체 무엇을 노릴까?

걱정과 두려움으로 시간을 보내는데 철문이 열렸다. 이름을 김효민이라고 밝힌 여자가 들어왔다. 이제 그 이름이 진짜라고 믿지는 않는다. 김효민은 의자를 끌어오더니 나와 마주보고 앉았다. 나는 김효민을 죽일 듯이 노려봤다.

"놀랐지? 우리도 이렇게 하고 싶진 않았는데 어쩔 수 없었어. 네가 아니면 네 외삼촌을 움직일 길이 보이지 않았거든. 네 외삼촌이 우리가 하는 말만 잘 들으면 너는 무사할테니 걱정하지마. 물론 외삼촌이 우리가 하는 말을 안 들으면……."

그러면서 김효민은 웃었다. 진짜 웃음이 아니었다. 칼날을 품은 웃음이었다.

"외삼촌은… 어떻게 됐나요?"

나는 두려움을 이겨내고 겨우 물었다.

"우리가 연락을 했으니까 곧 답이 오겠지. 우리가 하라는 대로 하든지, 아니면 사랑하는 조카를 잃든지."

"도대체 뭘 바라시죠?"

"외삼촌과 그렇게 오래 다녔으면서 외삼촌이 뭘 하는지 몰랐단 말이니?"

나는 고개를 저었다.

"하긴 뭐, 조카에게 그런 말 해 봐야…… 나 같아도 말 안 했겠지만.”

내가 왜 당하는지도 모른 채 당하는 일이 가장 억울하다. 나는 내가 왜 이런 몹쓸 짓을 당하는지 알고 싶었다.

“무얼 노리시는 거죠?”

“외삼촌이 만났던 사람이 누군지 떠올려 보면 어림할 텐데.”

내몽골에선 서왕모를 모시는 사람을 사당에서 만났다. 페루에서는 비밀스런 동굴 안으로 들어가서 사람을 만났는데, 돌아올 때 피카리탐보 동굴이 있었다. 인도에선 불가촉천민을 만난 뒤 엄청나게 부자인 사람을 만났다. 그러고는 이집트로 왔다. 그들 사이에 무슨 닮은 점이 있을까? 내몽골과 페루는 신화로 닮았다. 그렇지만 인도는 아니다. 그 집에선 신화 얘기는 한 마디도 없었다. 아, 프라퍼시(prophecy), 예언! 인도에선 예언이란 말을 엄청 많이 들었다. 둘이 한 데 모으면 신화와 예언, 신화 속 예언이란 말이 된다. 외삼촌은 어떤 예언이 담긴 신화를 좇았던 걸까? 그렇다면 외삼촌은 신화가 담긴 유물이나 예언이 담긴 글을 찾으러 다녔을까?

“혹시, 예언서를 찾는 건가요?”

“뭔가 알고 있긴 있구나.”

“아뇨. 인도에서 얼핏 예언이란 말을 들어서 혹시 하고 물어봤을 뿐이에요.”

“예언서라고 하면 예언서인데, 그게 그렇게 간단하지가 않아.”

김효민이 몸을 일으켰다. 더는 나와 말을 나눌 생각이 없는 듯했다.

그때 아랫배가 살살 아팠다. 오랫동안 화장실에 못 갔다.

"화장실…좀 보내주세요."

나는 얼굴을 찡그리며 말했다.

"아, 참! 이런! 어린 숙녀 분을 이런 곳에 지나치게 오래 두었군."

김효민은 밖을 보며 사람을 불렀다. 한 남자가 나타났다.

"얘 좀 화장실에 데려다 줘."

김효민이 시키자 남자가 나에게 나오라고 손짓을 했다.

"앞으론 화장실에 가고 싶으면 문을 두드려. 그러면 데려다 줄 테니까."

나는 남자를 따라 화장실로 갔다. 나는 화장실 입구에서 묶인 손을 내밀었다. 남자는 어리둥절한 얼굴로 나를 봤다.

"이렇게 두 손이 묶인 채 화장실에 들어갈 수는 없어요."

남자는 입술을 일그러뜨리더니 줄을 풀어주었다. 화장실에서 볼 일을 보고 난 뒤에 잠깐 화장실을 살폈다. 창문이 높은 곳에 있는데 창문이 작았다. 변기를 밟고 올라갔다. 창문이 작기는 했지만 내 몸이 빠져 나갈 크기는 되었다. 창문을 살짝 들었다. 창문이 느슨했다. 위로 쭉 밀어 올리니 아래쪽을 빼낼 수 있었다. 창문 두 개를 뜯어내고, 방충망도 빼냈다. 화장실 창문에는 쇠창살이 없었다. 창문을 간신히 넘었다. 2층이었다. 아래를 보니 모래였다. 창문에 매달린 뒤에 다리를 땅 쪽으로 한 뒤에 몸을 뒤로 젖히며 뛰어내렸다. 바닥이 모래라서 크게 아프진 않았다. 담을 넘은 뒤, 야자수 나무가 보이는 길 쪽으로 뛰었다.

한참을 뛰는데 사람이 보였다. 이집트인처럼 보였다.

"헬프 미, 헬프 미!(Help me)"

소리를 치며 달렸다.

"플리즈, 테이크 미 투 더 폴리스.(Please, Take me to the police)"

나를 경찰에 데려다 달라고 했다.

그 사람은 나를 보고는 깜짝 놀랐다. 내가 하얗게 질린 얼굴로 뛰어와서 놀란 모양이다.

"플리즈, 헬프 미!"

나는 얼굴빛을 되도록 불쌍하게 보이도록 하면서 도와달라고 부탁했다.

그 사람은 내게 손을 뻗으며 다가왔다. 손을 잡으면 도와줄 낌새였다. 손을 내밀어 잡았다. 그 사람이 내 손을 억세게 움켜쥐었다. 얼굴도 험상궂게 일그러뜨렸다.

'이런~ 나쁜 놈 편이었어!'

나는 잽싸게 손을 틀어서 빼냈다. 어릴 때 태권도장에서 배운 호신술을 써먹었더니 손이 쏙 빠졌다. 옛날 태권도에서 배웠던 대로 있는 힘껏 발로 걷어찼다. 나쁜 놈이 내 발길질에 맞고 쓰러졌다. 냅다 뛰었다. 나쁜 놈이 나를 쫓아왔다. 정말 죽을 듯이 뛰었지만 나쁜 놈은 엄청 빨랐다. 이번에는 제대로 붙잡혔다. 내가 몸부림을 치자, 나쁜 놈이 내 배를 주먹으로 쳤다. 아팠다. 그럼에도 발로 걷어찼다. 또 한 번 주먹이 날아들었다. 정말 아팠다. 숨이 턱 막혔다. 정신이 아득해졌다.

* * *

머리는 검은 개인데 몸은 사람 모습을 한 이가 나타났다. 오른손엔 긴 꼬챙이를, 왼손엔 열쇠를 들었다. 낯설어야 하는데 겉모습이 낯설지가 않았다. 그래도 누군지 떠오르지 않았다. 어디선가 본 적이 있는데 누군지 떠오르지 않았다.

"누구시죠?"

내가 물었다.

"나를 모르겠느냐? 나는 아누비스다. 너를 저승에 데려가려고 왔다."

몸이 떨렸다.

"죽은 세상은 오시리스가 다스리지 않나요?"

나도 모르게 물었다.

"나에 대해선 못 들었나 보구나. 나는 오시리스와 네프티스 사이에서 태어난 아누비스다."

"네트피스는 세트와 결혼하지 않았나요?"

"물론 겉으로는 그랬다. 하지만 내 어머니가 진짜 사랑한 이는 오시리스였다. 어느 날 어머니는 오시리스 아내인 이시스처럼 변신해서 오시리스를 유혹했다. 그래서 내가 태어났다. 나는 이시스가 오시리스를 미라로 만들 때 큰 힘을 보탰고, 그 공으로 죽은 사람들을 저승으로 이끄는 일을 하게 되었다."

"저는 이제 죽나요?"

내가 물었지만, 아누비스는 내 물음에 답하지 않고 다른 말을 했다.

"이것이 네 심장이다."

붉은 심장이 눈앞에서 펄떡펄떡 뛰었다.

나는 심장을 봤다. 내 가슴을 보니 뻥 뚫려 있었다. 구멍이 크게 났는데도 심장에서 피가 나진 않았다.

"네 심장을 저울에 올려놓겠다."

양팔 저울이 나타났다. 아누비스가 내 심장을 저울 한쪽에 올려놓자 저울이 그쪽으로 축 처졌다. 아누비스는 품에서 깃털을 꺼냈다.

"네 심장이 이 깃털보다 가벼우면 네 심장은 괴물인 암무트가 먹어치운다. 그러면 너는 다시는 살아나지 못하고, 끝없이 저승에 머물며 고통 받는다. 네 심장이 이 깃털보다 무거우면 너는 되살아나 네 삶을 마저 살게 된다."

나는 속으로 다행이라 여겼다. 아무렴 내 심장 무게가 깃털보다 가벼울까?

"다행이라고 여기는구나. 네 심장이 깃털보다 무겁다고 믿는 모양인데, 거의 모든 사람 심장은 깃털보다 무겁지 않다. 남을 배려하고, 덕을 쌓고, 착하며, 바르게 산 만큼 심장이 무거워진다. 이 저울은 네 심장이 지닌 무게가 아니라, 네가 한 착한 일들이 얼마나 무거운지 잰다. 너는 착했느냐? 바르게 살았느냐? 값지게 살았느냐? 그 무게가 이 깃털보다 무거우리라 확신하느냐?"

나는 아무 말도 못했다. 아무리 그래도 깃털보다는 무겁지 않을까?

그때 아누비스가 깃털을 양팔 저울 한쪽에 놓았다. 갑자기 저울이 깃털 쪽으로 기울었다. 내 심장은 깃털보다 가벼웠다. 맙소사! 그때 지옥 끝 어둠을 뚫고 이를 가는 소리가 들렸다. 소름이 돋았다. 괴물이 나타났다. 괴물 머리는 악어인데, 몸은 사자였다. 아누비스가 말한 암무트였다. 암무트가 입을 쩍~ 벌리며 다가오는데 심장이 두려움에 쪼그라들었다. 몸에는 식은땀이 흐르고, 손과 발은 바들바들 떨렸다.

"살려주세요."

아누비스는 아무런 대꾸도 하지 않았다.

암무트가 내 심장을 먹어 치우려고 했다. 그때였다. 어두운 하늘에서, 흰 돌이 내 심장이 놓인 저울 쪽에 떨어졌다. 저울은 내 심장 쪽으로 확 기울었다. 아누비스가 기울어진 저울을 보고 고개를 번쩍 들어 하늘을 봤다. 내 심장을 먹어 치우려던 암무트는 심장 쪽으로 기울어진 저울을 보더니 뒤로 물러섰다.

"이런, 운이 좋구나."

아누비스는 이렇게 말하고 조금씩 뒤로 물러서더니, 나중에는 연기처럼 사라졌다.

내 정신도 희미하게 사라졌다.

11

# 신화 사냥꾼_호루스의 눈을 쫓는 사람들

하얀 불빛이 번쩍였다. 병원 냄새가 났다. 머리가 어지러웠다. 속도 안 좋았다. 몸을 일으키려 했으나 버거웠다. 몸을 옆으로 틀어서 침대 옆으로 고개를 내밀고는 구역질을 했다. 속이 답답했으나 구역질을 해도 밖으로 뭐가 나오지는 않았다. 몸을 다시 침대로 돌렸다. 가슴도 답답했다. 낯선 말이 들리더니 다시 정신이 아득해졌다.

몸이 흔들렸다. 가끔 덜컹거리기도 했다. 움직이다 멈추기도 했다. 차였다. 내 몸이 차에 실려서 어디론가 움직였다. 어디로 갈까? 도대체 나는 누구 손아귀에 있지? 이 차에 누가 있는지 알고 싶었으나 눈이 떠지지 않았다. 입을 열기도 힘겨웠다. 어지러웠다.

눈을 떴다. 호텔이었다. 납치되기 전에 묵었던 바로 그 호텔이었다. 창문 너머로 수영장이 보이고, 수영장 너머엔 나일 강이 금빛으로 빛났다. 내가 정신을 잃고 있는 동안 무슨 일이 일어났을까? 물어보고 싶었지만 내 옆엔 아무도 없었다. 외삼촌은 괜찮을까? 외삼촌 걱정을 하다가 까무룩 잠이 들었다.

몸이 가벼웠다. 속도 괜찮았다. 다시 튼튼한 나로 돌아왔다. 문이 열렸다. 외삼촌이었다. 나는 외삼촌에게 뛰어가 안겼다. 나도 모르게 눈물이 쏟아졌다. 외삼촌은 우는 나를 한참 다독였다. 외사촌은 '잘못했다'는 말을 거듭했다. 눈물을 그친 뒤 어찌 된 일인지 외삼촌에게 물었지만 외삼촌은 이제 갈 시간이라면서 나가자고 했다. 외삼촌은 비행기에서 모든 이야기를 해주겠다고 했다. 나는 궁금했지만 꾹 참았다. 카이로 공항에서 비행기를 탔다. 이번엔 일등석이 아니었다. 서둘러 이집트를 벗어나야 하기에 일등석을 끊을 수 없었다. 비행기에서도 외삼촌은 아무 말도 하지 않았다. 나는 노래도 듣지 않고 그냥 묵묵히 있었다. 두바이에서 새 비행기로 갈아탔다. 우린 일등석에 탔고, 일등석엔 우리 말고 아무도 없었다.

"일부러 이곳을 모두 비워달라고 했어."

외삼촌이 비행기를 탄 뒤에 처음으로 한 말이었다.

배가 고팠기에 기내식을 시켜서 맛있게 먹었다. 외삼촌은 승무원들에게 부르기 전까지 일등석 쪽으로는 들어오지 말아달라고 부탁했다.

나는 외삼촌 눈을 빤히 바라봤다. 말은 하지 않았다.

"이젠 물어도 돼. 궁금한 점이 엄청 많지?"

"휴~. 죽는 줄 알았어요."

"내가 잘못했어. 널 인도에서 한국으로 보내야 했는데. 이집트에서 할 일이 그만큼 위험했는데, 내가 잘못 생각했어."

"아니에요. 호텔을 벗어나지 말라고 했는데, 제가 벗어나서 일이 벌어졌으니 제 잘못이죠."

"내가 대사관 사람들을 믿으라고 해서 그렇게 됐잖아. 그것도 내 잘못이야."

"외삼촌 잘못이 아니에요. 그리고 이렇게 안 다치고 한국으로 돌아가니 됐잖아요."

외삼촌이 내 손을 꼭 쥐었다.

"고맙다."

"외삼촌이 절 구했나요?"

"나 혼자 어떻게 널 구했겠니? 호루스족 사람들이 큰 도움을 주었어."

"그나저나 절 잡아간 사람들은 누구죠? 외삼촌은 뭘 찾아 다녔어요?"

외삼촌은 바로 말하진 않고 물을 한 잔 들이켰다. 외삼촌은 골똘히 생각에 잠겼다. 아무래도 함부로 내게 할 이야기는 아닌 듯했다.

"꼭 지켜야 할 비밀이면 안 하셔도 돼요. 궁금하지만 참을 자신 있어요. 이번 여행을 하면서 참는 힘을 많이 길렀으니까요. 모르는 게 약이라는 속담도 있고."

외삼촌은 들고 있던 물 컵을 두 손으로 꼭 쥐더니 탁자에 내려놓았다.

"좋아, 어떻게 된 일인지 말해줄게."

나는 두 귀를 쫑긋 세웠다.

"너를 잡아 간 이들은 '눈'을 쫓는 사냥꾼들이야."

"눈이 뭐죠? 내리는 눈? 제 얼굴에 달린 눈? 이집트 신화에 나오는 '눈'?'

나는 내가 아는 눈을 모두 입에 올렸다.

"그래 맞아. 이집트 신화에 나오는 눈."

"이집트 신화에서 천지창조를 했다는 신인 '눈' 말인가요?"

"아니, 호루스의 눈!"

"아!"

호루스는 오시리스 아들로 세트와 싸우다 한쪽 눈을 잃었는데, 토트가 달이 지닌 기운을 불어넣어 호루스 눈을 되살린다. 그때부터 호루스 왼쪽 눈은 검은 빛을 띠며 무엇이든 치유하는 힘을 지니게 되었다.

"호루스의 눈이 무슨 보물인가요?"

"아니야. 호루스의 눈은 보물이 아니라 어떤 사람에게서 나타나는 눈이야."

"그 사람이 누군데요?"

"아직까지 아무도 몰랐어."

"그럼 외삼촌은 알았단 말인가요?"

외삼촌은 내 물음에 답하지 않았다.

"그 놈들은 아주 오랜 옛날부터 호루스의 눈을 찾아 헤맸어. 그러다 호루스의 눈이 언제, 어디에서 나타나는지를 미리 헤아려서 적바림한 예언서가 있다는 이야기를 알아냈지. 나는 그들보다 먼저 그 예언서를 찾아야 했어."

나도 모르게 손에 땀이 났다.

"이 일은 아주 오래 전에 한 이야기꾼에게서 비롯됐어."

＊＊＊

옛날 옛날에 한 이야기꾼이 살았다. 그 이야기꾼은 상상으로 재미난 이야기를 짓기도 하고, 사람들이 겪은 일을 바탕으로 이야기를 만드는 사람이었다. 어느 날 이야기꾼은 환상을 보았다. 그 환상은 아주 오랫동안 나타났다. 나타날 때마다 다른 모습이었다. 이야기를 좋아하는 이야기꾼은 그 신비한 환상을 남김없이 사람들에게 들려주었다. 환상이 끝난 뒤에도 이야기꾼은 거듭해서 환상을 들려주었고, 사람들은 거듭 들은 이야기를 기억했다. 이야기꾼이 들려준 환상은 아주 재미있고 신비했기에 사람들은 이야기꾼이 들려준 환상을 다음 세대에 전했고, 그렇게 전해진 이야기는 잊히지 않은 채로 몇 세대를 살아남았다. 그런데 그 이야기를 들은 사람들은 이야기꾼이 들려준 환상이 진짜로 이루어지는 놀라운 경험을 하게 된다. 이야기꾼이 들려준 이야기는 하나도 남김없이 모두 진짜로 일어났다. 왕은 이를 놀랍게 여겨 이야기를 기억하는 사람들을 불러 모아 이야기를 꼼꼼하게 정리한 뒤에 돌판에 새겨 사람들이 많이 다니는 길에 세워두었다. 앞으로 일어날 일을 미리 알아 잘 대비하란 뜻이었다.

수십 년 뒤, 그 나라에 침략군이 쳐들어왔다. 침략군을 이끈 장군은 후니후랑이었다. 후니후랑 장군은 돌에 얽힌 전설을 듣고 탁본을 뜬 뒤 돌을 부셔버렸다. 후니후랑 장군은 신이 들려준 비밀은 오직 자신만 알아야 하며, 다른 사람은 알면 안 된다고 생각하고 돌판을 본 그 나라 백성들을 모조리 죽였다. 후니후랑 장군은 탁본을 양피지 책으로 만든 뒤 책을 만든 이들도 죽였다.

후니후랑 장군은 자기 나라로 돌아갔는데, 얼마 지나지 않아 자기 나라 왕을 몰아내고 스스로 왕 자리에 올랐다. 후니후랑이 다스린 나라는 날이 갈수록 세졌다. 후니후랑이 죽고 아들인 후안수랑이 왕위에 올랐다. 후니후랑은 죽으면서 후안수랑에게 예언서 이야기를 하면서 잘 지키라고 하였다. 후안수랑은 예언서 따위는 믿지 않았기에, 그냥 대충 흘려듣고 말았다. 그런데 후니후랑이 후안수랑에게 하는 유언을 몰래 들은 부하가 있었다. 부하 이름은 하니부람이었는데, 하니부람이 몰래 예언서를 훔쳐서 달아났다. 후안수랑은 책을 별로 대수롭지 않게 여겼기에 하니부람을 쫓지도 않았다.

하니부람은 예언서를 들고 다른 부족에게 갔는데, 그 부족 왕 눈에 들어 사위가 되었다. 얼마 뒤 왕이 죽자 하니부람은 그 부족을 이끄는 왕이 되었다. 하니부람이 이끄는 부족은 날이 갈수록 힘이 세졌고, 힘이 세진 하니부람은 군대를 일으켜 후안수랑이 다스리던 나라를 쳤다. 전투가 벌어졌는데 아주 쉽게 하니부람이 이겼다. 죽음을 앞두고서야 후안수랑은 아버지가 한 말을 지키지 않아서 나라가 망했음을 깨닫고 깊이 후회했으나 이미 때는 늦었다. 후안수랑이 죽으면서 몇몇 사람 귀에 예언서 이야기가 들어갔고 사람들 사이에 소문이 퍼졌다. 하니부람은 엄청나게 큰 왕국을 이룩했고, 강력한 통치자가 되었는데, 하니부람이 다스리는 나라 힘이 강해질수록 예언서에 얽힌 소문은 빠르게 퍼져나갔다. 소문에 따르면 예언서를 지닌 자가 왕이 된다고 했다. 예언서를 본 이는 하니부람밖에 없었다. 아무도 그 예언서를 본 적은 없었지만 소문은 예언서를 어마어마한 힘을 지닌 책으로 생각하게 만들었다. 하니부람은 책을 왕궁 깊숙한 곳에 보관했고, 아무도 그곳에 가지 못하게 했다. 비밀 문을 거쳐야만 책을 볼 수 있는데 비밀 문을 여는 방법은 오직 왕과 왕자만 알았다. 이렇게 책에 관한 비밀은 여러 대에 걸쳐 왕에서 왕으로만 이어졌다.

한참 세월이 흐른 뒤, 지나치게 재주가 뛰어난 하숭미람이 왕이 되었다. 하숭미람은 재주가 뛰어나고 지혜도 많았기에 제 힘으로 나라를 잘 다스렸다. 땅도 많이 넓혔다. 하숭미람은 예언서 따위는 믿지 않았다. 더구나 그 예언서를 지니면 권력을 지키고, 예언서를 잃으면 권력을 놓친다는 믿음 따윈 아예 없었다. 그렇기에 그는 비밀 문을 열 때 마음을 별로 쓰지 않았고, 비밀 문을 여는 법을 들키지 않으려고 애쓰지 않았다.

어느 날 하숭미람이 비밀 문을 열 때 궁녀 한 명이 문을 여는 법을 알아 버렸다. 궁녀에겐 사랑하는 사람이 있었고, 왕궁에서 도망을 치고 싶었다. 그러나 두려웠다. 그대로 도망치면 잡혀 죽을 게 뻔했기 때문이다. 그렇다고 사랑을 그만두고 싶지도 않았다. 잘못하다가 사랑이 들통나면 궁녀뿐 아니라 사랑하는 남자도 죽는다. 궁녀는 틈을 타서 몰래 책을 훔치고 사랑하는 남자와 함께 도망쳤다. 뒤늦게 이 일을 안 하숭미람은 군사를 보내 궁녀를 쫓았다. 쫓는 목적은 예언서가 아니었다. 법을 어기고 궁녀가 남자를 사귀었으며, 도망까지 간 것이 괘씸해서였다. 병사들은 매섭게 궁녀를 쫓았으나 궁녀를 잡지 못했다.

궁녀는 아주 먼 나라까지 도망쳤고, 거기서 사랑하는 남자와 결혼을 한 뒤에 아들을 낳았는데 아들 이름이 세바스앙이었다. 세바스앙은 자라서 그 나라 으뜸 장군이 되었고, 군대를 이끌고 넓은 땅을 차지했으며, 그 힘을 바탕으로 새로운 나라를 세웠다. 그러고는 엄마가 도망쳐 나왔던 왕국, 하숭미람이 다스리던 나라마저 무너뜨렸다. 나라가 무너질 때가 되어서야 하숭미람은 예언서를 소홀히 다룬 일을 후회했으나 때는 늦었다.

왕 자리에 오른 뒤 세바스앙은 책을 몸에서 떼어놓지 않고 늘 품에 지니고 다녔다. 세바스앙은 예언서를 잃으면 나라가 망한다는 걸 알았기 때문에 걱정이 많았고, 그만큼 다른 사람을 믿지 않았다. 심지어 결혼한 아내도 믿지 않았다. 그러다 보니 세바스앙은 외로웠고, 괴로웠다. 어느 날, 한 지혜로운 도인을 만난 세바스앙은 그 도인에게 속을 털어놓았다. 도인은 자신이 예언서를 지키면 왕국이 무너질 리 없다면서, 마음 속에 짐을 지고는 결코 좋은 왕이 될 수 없으며 행복할 수도 없다고 말했다. 세바스앙은 도인이 하는 말을 받아들였다. 세바스앙은 도인에게 예언서를 넘겨주자 마음이 자유로워졌고, 도인은 예언서를 들고 사라졌다. 도인은 예언서를 어느 깊은 바위 동굴 속에 감추었다. 그 뒤로 예언서는 사람들 기억 속에서 잊혀졌다.

세월이 흐르고 '도우'라는 이가 스승이 하지 말라는 짓을 저질렀다. 도우는 스승이 무서워 도망을 치다가 길을 잘못 들어 깊은 동굴로 들어갔고, 거기서 예언서를 찾아냈다. 예언서는 아주 옛날 먼 나라 문자로 쓰였기에 도우는 예언서를 읽을 수 없었다. 그렇지만 깊은 동굴 안에 있는 책이라면 뭔지 몰라도 엄청난 내용을 담고 있으리라 여겼다. 예언서를 챙긴 도우는 멀리 도망쳤다. 도우는 예언서에 담긴 글을 알고 싶었다.

그러다 어떤 도시에서 그 책을 알아본 사람을 만났다. 그 사람은 도우가 내민 책이 전설 속에서 내려오던 예언서임을 알아차렸다. 그 사람은 도우를 속여 책을 가로챈 뒤에 도망쳤고, 책을 빼앗긴 도우는 그 사람을 쫓았다. 둘이 쫓고 쫓기는 일이 벌어지자 사람들 사이에 알게 모르게 소문이 돌았다. 전설 속 책이 다시 나타났다는 소문은 이웃 나라 왕 귀에도 들어갔고, 왕이 군대를 이끌고 나타나면서 엄청난 사람들이 죽었다. 다른 나라 왕까지 군대를 보내면서 아주 큰 전투가 벌어지기도 했다.

그러다 예언서는 어떤 어린 아이 손에 들어갔다. 책을 들고 도망치던 이가 산속에서 길을 잃고 죽었는데, 지나가던 아이가 예언서를 발견했다. 아이는 그 책을 펴보고는 아무짝에도 쓸모가 없다고 여기고는 불쏘시개로 한 장씩 썼다. 양피지는 아주 잘 탔다. 반쯤 태워버렸을 때, 아버지가 그 책을 보고는 엄청난 책이라는 걸 알아차렸다. 아버지는 아무에게도 말하지 않고 반쯤 남은 책을 보관했다.

그때부터 집안 일이 잘 풀리고, 돈이 많이 들어왔다. 멀쩡한 날에 행운이 찾아와 황금을 벌기도 하고, 가만히 있는데 돈을 주겠다는 사람이 나타나기도 했다. 그 집은 세상에서 손꼽히는 엄청난 부자가 되었다. 그때부터 그 집에서는 오직 큰 아들에게만 그 책이 있다는 이야기가 전해졌다. 아내들도 몰랐다. 몇 대에 걸쳐 그 집은 엄청난 부자로 살았다. 그러다 형제 사이에 다툼이 벌어졌다. 나이 차이가 한 살밖에 안 났는데, 형은 모자라고 욕심이 없었지만 동생은 똑똑하고 욕심이 많았다. 동생은 형 자리를 차지하려고 머리를 쓰다가 그 책이 있음을 알게 되었고, 형을 모함에 빠뜨려 동굴에 가두고 자신이 책을 차지했다.

동생은 그때부터 나쁜 일을 벌였다. 돈이 되면 무슨 일이든 하였다. 으뜸인 부자였지만 더 큰 부자가 되려고 나쁜 짓을 골라했다. 그 집은 점점 나쁜 놈들이 가득해졌다. 동생이 이끌면서 그 집은 범죄조직이 되었고, 암흑가를 다스렸다. 그러다 실수로 집에 불이 났는데, 부하들이 말렸지만 불길 속으로 뛰어 들어가 예언서를 구해냈다. 화상을 입으면서까지 예언서를 구한 것을 보고, 옛날부터 전해내려 오는 책에 대한 비밀을 알던 부하 가운데 한 명이 주인 몰래 예언서를 훔쳤다. 부하는 예언서를 들고 멀리 도망쳤고, 그 집은 얼마 지나지 않아 범죄조직 사이에 벌어진 전쟁에 휘말려 망하고 말았다. 그 뒤로 예언서는 더는 세상에 나타나지 않았다.

그런데 예언과 얽힌 이야기가 또 하나 있다.

그 옛날 후니후랑 장군이 예언이 적힌 돌판을 부셨을 때 돌판 가운데 하나가 깨지지 않고 남았다. 그 나라 백성이었던 비라고참은 그 돌판을 들고 가족과 함께 도망을 쳐서 바다를 건너 새로운 땅으로 넘어갔다. 그 땅은 오늘날 아메리카대륙으로 부르는 곳이었다. 비라고참은 아메리카대륙 남쪽으로 남쪽으로 내려가다 안데스 산맥 어느 계곡에 정착했다. 비라고참은 예언서를 모두 기억했기에 자식들에게 예언서를 끊임없이 들려주었으며, 자손들에게 돌판을 잘 간직하라고 일렀다.

비라고참 후손들은 점점 부자가 되었고 힘이 세졌으며 마침내 부족을 이끌고 나라를 세웠다. 왕들은 돌판을 왕궁 보물로 잘 간직했다. 왕들은 아침에 깨면 돌판에 절을 하고, 돌판에 새겨진 글을 읽었으며, 예언서를 외웠다. 왕은 예언서에 담긴 이야기를 다음 왕이 될 자식에게 일러주었다. 왕국은 점점 커졌고 엄청난 제국이 되었다. 그 제국이 바로 잉카였다.

어느 날, 잉카 황제는 예언서를 떠올리다 제국이 망할 때가 가까이 왔음을 알아차렸다. 잉카 황제는 처음엔 제국이 망하지 않을 길을 찾으려 했지만 그 어떤 수를 써도 멸망을 피할 수 없음을 깨달았다. 고민을 하던 잉카 황제는 아들 가운데 가장 지혜로운 아들을 불렀다. 황제는 지혜로운 아들에게 예언을 모두 들려준 뒤 돌판을 넘겼다. 지혜로운 아들은 몇몇 사람을 이끌고 황제가 시킨 대로 깊은 산으로 피했다. 황제가 죽고 맏아들인 아타우알파가 황제 자리에 올랐다. 아타우알파가 잉카제국을 다스리던 때에 피사로가 이끄는 스페인 군대가 왔고, 잉카제국은 무너졌으며, 엄청나게 많은 잉카인들이 죽었다.

지혜로운 아들은 깊은 산으로 들어가 작은 마을을 이루고 살았다. 그리고 예언서를 아들에게 전하며 새롭게 열리는 때를 기다리라고 했다. 그들은 바깥 세상으로 나오지도 않았고, 다른 사람들을 만나지도 않았다. 그러다 스페인이 물러나고 페루가 들어서면서 가끔씩 사람들과 만났으나 그들이 잉카 황실 후손이라는 것은 철저히 비밀에 부쳤다.

그 뒤로, 가끔 사람들 사이에 앞으로 벌어질 일을 알리는 소문이 돌았다. 사람들은 그 소문을 믿지 않았으나 놀랍게도 그 소문은 늘 맞아

떨어졌다. 이런 일이 거듭해서 일어나자 사람들은 그 소문이 어디서 나왔는지 찾으려했다. 그러나 아무도 알아내지 못했다.

예언서 내용은 입에서 입으로 내려왔으나, 어느 날 예언서를 알던 단 한 명이 자식에게 예언서를 알려주기도 전에 죽고 말았다. 남아 있는 사람들은 예언서에 얽힌 이야기는 알았으나 예언서 내용은 알지 못했다. 그래서 돌판 하나만 남고 모든 예언서 내용은 사라지고 말았다.

얼마 전, 사라졌던 예언서가 다시 나타났다는 소문이 돌았다. 예언서에 얽힌 이야기를 아는 몇몇 사람들은 예언서를 찾으러 눈에 핏대를 세우고 달려들었다.

* * *

믿기 어려운 이야기였다. 이런 이야기는 어디까지나 신화지 진짜는 아니다. 그런데 진짜 그런 일이 있었단 말인가? 예언, 신비한 힘을 지닌 책과 돌, 판타지 소설에서 나오는 이야기처럼 들렸다.

"몽골에 가서는 책과 돌판이 어디 있는지 알아냈어. 서왕모를 모시는 이는 예언서에 얽힌 전설을 다 알았고, 예언서 내용 일부도 알고 있었어. 조상 대대로 내려온 이야기라고 했어. 서왕모를 모시는 이는 깊은 명상 끝에 돌판과 통했고, 돌판이 있는 곳을 알려주었어. 그래서 곧바로 페루로 갔지. 돌판이 있는 곳은 알았지만 도대체 누구에게 있는지는 알 수가 없었어. 그래서 여행을 다니는 척 하며 그곳에 있는 사람을 알아냈고, 만났어."

쿠스코에서 외삼촌이 했던 일이 떠올랐다.

"동굴을 지나서 만났던 페루인, 그 사람은 돌판을 지닌 잉카 후예야. 그 분이 돌판을 읽어주었는데 아주 옛날 말이어서 무슨 뜻인지 없었어. 그 분이 해석을 해 주었는데 거기에 '셋째 눈' 이야기가 나왔어."

"셋째 눈이요? 아까는 호루스의 눈이라고 했잖아요?"

"맞아. 호루스의 눈이기도 하고, 셋째 눈이기도 하지."

"셋째 눈은 뭔데요?"

"사람에겐 눈이 두 개야. 두 눈은 빛을 받아들이고, 빛이 주는 자극에 반응해. 셋째 눈은 두 눈이 지닌 재주를 뛰어넘는, 다섯 감각으로는 도저히 알 수 없는 그 무엇을 알아내고 힘을 발휘하는 눈을 가리켜. 도인들이나 명상을 하는 사람들은 셋째 눈을 뜨면 눈을 감고도 볼 수 있고, 전혀 다른 세계를 헤아릴 수 있다고 해서 아주 신비롭게 여기지. 그래서 셋째 눈을 뜨려고 도를 닦는 사람도 많고, 명상을 하는 사람도 꽤 있다고 해. 힌두교 3신 가운데 파괴를 담당하는 신 시바에게 셋째 눈이 있어. 시바가 셋째 눈을 뜨면 모든 것이 파괴된다고 해. 셋째 눈을 이렇게 신비롭게 보는 이도 있지만 어떤 이들은 셋째 눈을 두뇌에 있는 '송과 체'로 보기도 해. 송과 체는 '송방울샘'이라고도 부르는데 멜라토닌 호르몬을 분비해. 멜라토닌은 밤과 낮, 계절을 알아차리는 호르몬이야. 우리가 지닌 두 눈 말고 빛을 느끼는 기관이 송과 체이기 때문에 셋째 눈이라고 불러. 송과 체가 매우 힘차게 움직이면 이때까지 알지 못했던 새로운 지혜를 보는 힘이 생긴다는 말도 있어."

송과 체나 멜라토닌 호르몬은 과학이니까 믿을 만하지만 나머지는 어디까지 믿어야 할지 알 수가 없었다. 셋째 눈을 뜨려고 애쓰는 사람도 많다니, 말은 안 했지만 어이가 없었다.

"시바를 통해 셋째 눈이 열리면 '파괴', 호루스를 통해 열리면 '치유', 도인들을 통해 열리면 새로운 '지혜'라고 하는데, 돌판에 새겨진 예언서에는 셋째 눈이 열린다는 이야기만 있고 그밖에는 없어. 그러니까 새롭게 열리는 셋째 눈이 어떤 식으로 열리는지, 파괴인지 치유인지 지혜인지도 없어. 그저 셋째 눈이 열리고 그 뒤로 인류는 이제까지 겪은 적이 없는 새로운 일을 겪게 되리란 이야기만 있었어."

"믿기지 않는 이야기지만, 어쨌든 그런 이야기를 들으셨으니 참 답답하고 걱정스러웠겠어요."

외삼촌이 고개를 끄덕였다.

"그 뒤에 인도로 가셨잖아요. 거기선 누굴 만나서 무슨 이야기를 하셨어요?"

"그 부잣집, 그 사람은 인도 브라만 계급에 속한 사람이야. 엄청난 부자고, 브라만 계급에서 아주 큰 영향을 끼치는 사람이야."

갑자기 예언서를 지니면 권력이나 부를 쥔다는 이야기가 떠올랐다.

"설마, 그 사람이 예언서를 갖고 있나요?"

"그래. 그 사람에게 예언서가 있었어."

예언서가 가짜가 아니었다니, 지어낸 이야기가 아니었더니, 머리가 하얘지는 듯했다.

"그는 아주 가난한 브라만 집안에서 태어났는데, 젊었을 때 이집트에 갔다가 아주 우연히 예언서를 손에 넣었어. 그러고는 지금처럼 엄청난 부자가 되었다고 해. 그 브라만에게 예언서가 있다는 이야기는 그 누구에게 해서도 안 돼. 알지? 말을 하는 순간, 네 목숨이 위험해져."

이집트에서 겪은 일이 떠올랐다. 나는 입을 꾹 다물고, 눈을 깜박깜박했다.

"그 브라만에게서도 같은 전설을 들었고, 셋째 눈 이야기를 들었어. 안타깝게도 브라만이 지닌 예언서 마지막 장은 페루에서 본 돌판과 똑같았어. 그 뒷이야기는 없었지. 그런데 브라만이 그 뒤에 한 장이 더 있다고 했어. 자신이 예언서를 얻었을 때 마지막 장이 뜯겨진 채 얻었다는 거야. 그 브라만이 예언서를 얻은 곳이 바로 호루스족이 사는 마을이었어."

"그래서 이집트로 갔고, 제가 호텔에 있는 동안 호루스족이 있는 곳을 찾았군요."

"맞아. 호루스족을 찾아서 그들이 있는 곳에 가서 마지막 예언서 내용을 알게 되었지. 나를 쫓았던 이들은 이집트에서 내가 어떻게 움직이는지 놓쳤고, 내가 들은 이야기는 전혀 몰랐어. 초초해진 그들이 내가 들은 이야기와 호루스족에서 얻은 정보를 캐내려고 너를 납치했던 거야."

"마지막 장엔 뭐라고 쓰여 있나요?"

내 궁금증은 비행기보다 높게 치고 올라갔다.

"호루스족은 예언서에 나오는 셋째 눈이 그들이 모시는 신인 '호루스의 눈'이라고 믿어. 호루스족 가운데 오직 한 사람만 그 양피지 조각을 읽을 줄 알았는데, 그 사람은 앞으로 나타날 셋째 눈이 무엇이며, 어떤 징조를 보이고, 어느 때, 어떤 사람에게서 나타날지 알려주었어. 그 사람은 셋째 눈이 열리는 날이 멀지 않았다고 말했고, 셋째 눈이 열리는 날 호루스가 되살아나 이 땅을 다스리게 된다고 말했어."

"언제, 누구에게 열린대요?"

외삼촌은 고개를 절래절래 흔들었다. 모른다는 뜻인지 말해주지 않겠다는 뜻인지 애매모호했다.

"너에게 말해줄 순 없어. 그걸 알게 되면 네가 위험해지기 때문이야. 셋째 눈을 쫓는 신화 사냥꾼들은 아주 무서운 놈들이야. 예언서에 실린 이야기는 어차피 옛날에 이미 벌어진 일들이야. 브라만이 예언서를 지니고 있지만 그래봤자 조금 많은 부와 조금 큰 권력일 뿐이야. 누가 지니든 세계를 바꾸지 못해. 그렇지만 마지막 예언서 내용은 인류 역사가 바뀌는 이야기야. 모르는 게 나아. 알게 되면 넌 바로 그때부터 위험해질 거야."

"외삼촌은 이미 알잖아요? 그럼 외삼촌도 위험하다는 뜻이잖아요?"

"나는 어차피 지난 10년을 위험 속에서 살았어. 죽을 고비도 엄청 많이 넘겼고. 넌 아직 어려. 이런 비밀을 감당할 수 없어. 이집트 때보다 심각한 위험을 겪을지도 몰라. 그러니까 궁금해도 참아."

나는 더는 묻지 않았다. 외삼촌 말이라면 믿고 따라야 좋다. 외삼촌 말을 안 따랐다가 이집트에서 혼이 났으니까. 셋째 눈에 관한 궁금증은 접었으나 다른 궁금증은 접을 수 없었다.

"외삼촌은 위험한 줄 알면서 왜 저를 데리고 여행을 다녔어요?

"그래야 의심하지 않으니까 조카랑 다니면 누가 나를 의심하겠니. 그냥 관광 다니는 줄 알 거라 생각했지."

"신화 사냥꾼들은 쭉 저희를 쫓아다녔어요. 그 김효민이란 여자, 여러 곳에서 봤어요. 물론 나중에 떠올랐지만."

"나도 알아. 김효민이 나한테도 그렇게 말했어. 아무튼 내 잘못이 커. 미리 알아차렸어야 하는데. 나 때문에 네가 위험에 처하고. 괜히 너를 데리고 다녔나 싶기도 하고."

"아니에요. 같이 다녀서 얼마나 좋았는데요. 사는 게 정말 재미없고, 무기력하기만 했는데, 이런 일을 겪으니 정말 재미있었어요. 저한테도 수많은 이야기꺼리가 생겼잖아요. 그 전에는 음악 말고는 이야기꺼리가 없었어요. 그 음악 이야기조차 마음껏 나눌 사람이 없었는데, 처음으로 외삼촌과 음악 이야기를 마음껏 해서 정말 기뻤어요. 다른 사람들은 가보지도 못한 곳을 다니며 겪은 이야기도 잊을 수가 없어요. 누가 그런 일을 겪어보겠어요."

내 말을 들은 외삼촌 얼굴이 환하게 밝아졌다.

"널 5살 이후에 못 봤는데, 같이 다녀서 나도 얼마나 좋은지 몰라."

"저도 좋아요."

나도 모르게 싱싱한 웃음이 피어났다.

"그나저나 제가 다섯 살이 되기 전에 외삼촌이랑 저랑 어떻게 지냈는지 좀 알려주세요. 저는 하나도 안 떠올라요. 외삼촌이 10년 동안 겪은 이야기도 알고 싶어요."

"하하하! 좋아, 셋째 눈 이야기는 못 해주지만 그런 이야기라면 얼마든지 해줄게. 잠깐만!"

외삼촌은 승무원을 불러서 먹을거리를 엄청 많이 달라고 했다. 우리는 일등석 손님이 누릴 수 있는 특권을 마음껏 즐겼다.

"그게 말이야~."

외삼촌은 내 어릴 때 이야기, 세계 곳곳을 돌아다닌 이야기를 끊이지 않고 풀어놓았다. 살면서 그처럼 재미나고 신나는 이야기는 처음 들었다. 외삼촌이야말로 진정한 모험가요 이야기꾼이었다.

# 21세기 이야기꾼과 '셋째 눈'

엄마는 아직도 나를 마음에 들어 하지 않는다. 예전이나 지금이나 마음에 들어 하지 않기는 매한가지지만, 그 까닭은 옛날과 다르다. 옛날에는 내가 아무 일도 안 하려 들어서, 무기력하게 집에 있으려고만 해서 마음에 들지 않았다면, 이제는 지나치게 이것저것 많이 하고 돌아다니려고 해서 마음에 들어 하지 않는다. 나는 잠깐도 집에 있으려 하지 않고 이런 일 저런 일을 하며 돌아다니고, 이 사람 저 사람을 만나고 다닌다. 나는 사람을 만나는 일이 즐겁고, 낯선 일이 신나고, 그러면서 건지는 이야기에 마음이 넉넉해진다. 친구들과 만나면 수다를 떨고, 새로운 일을 꾸민다. 학교와 학원을 벗어나 새로운 삶을 만난다.

나는 이야기를 먹고 자란다. 이제 내 삶에는 이야기가 가득하다. 외삼촌과 세계여행을 하면서 신화 이야기를 듣고 겪은 후 나는 이야기가 없으면 삶이 얼마나 헛헛한지 알았다. 그동안 내가 왜 그렇게 무기력하고 하고 싶은 일이 없는지 알았다. 나에겐 이야기가 없었기 때문이다. 늘 똑같은 하루, 똑같은 말들, 똑같은 느낌만 마주하였기에 이야기가 없었고, 이야기가 없으니 삶이 텅 빈 듯해서 지루하고 보람도 없었다. 나는 날마다 다르게 산다. 나는 날마다 다른 이야기를 만들고, 다른 이야기에 귀를 기울이고, 다른 이야기를 적바림한다.

먹지 않으면 몸이 굶주리지만, 이야기가 없으면 영혼이 굶주린다. 나는 날마다 내 영혼을 살찌운다. 내 삶을 살찌운다. 나는 이야기와 더불어 산다. 나는 이야기꾼이 되기로 마음먹었다. 이야기를 만들고, 이야기를 듣는 사람으로 살기로 했다.

어느 날,

외삼촌에게서 전화가 왔다.

목소리가 심하게 떨렸다.

"민지야, 마침내, 셋째 눈을 찾아냈어."

"정말요?"

나도 떨렸다.

"놀랐어. 이렇게 가까이 있다니…. 이렇게 가까운 때에 나타나다니…."

"어디에서 찾았는데요? 어디로 가면 있죠? 누구예요?"

내가 빠르게 물었다.

"불꽃이 '게브'를 괴롭히면 돛단배를 몰던 '라'가 '토드'에게 노를 넘긴 뒤 쉬러 가고, '오시리스'를 만나러 간 '호루스'는 깊은 속사람을 깨어나게 하려 '눈'을 뜬다."

외삼촌은 뜬구름 잡는 말을 했다.

"그게 무슨 말이에요?"

내가 다그쳐 물었지만 외삼촌은 풀어서 말해주지 않았다.

"가까워. 정말 가까워. 민지야, 내가 잘못되면, 만약 그렇게 되면, 꼭 셋째 눈을 찾아. 셋째 눈은……."

갑자기 뚝 전화가 끊겼다. 외삼촌에게 다시 전화를 걸었지만 전화기가 꺼져 있다는 말만 되풀이해서 나왔다. 도대체, 외삼촌에게 무슨 일이 일어났지? 셋째 눈은 어디에 있으며, 셋째 눈이 깨어나면 무슨 일이 벌어질까?

"불꽃이 '게브'를 괴롭히면 돛단배를 몰던 '라'가 '토드'에게 노를 넘긴 뒤 쉬러 가고, '오시리스'를 만나러 간 '호루스'는 깊은 속사람을 깨어나게 하려 '눈'을 뜬다."

나는 외삼촌에게 들었던 이 말을 되풀이하며 무슨 뜻인지 알아내려 했다. 그러나 무슨 말인지 알 수가 없었다. 입술을 깨물었다. 이렇게 머리만 굴리고 있을 때가 아니다. 꼭 가야할 곳이 있다. 그곳에서 작은 실마리라도 잡을 수 있을지 모르지만 갈 곳은 거기밖에 없다. 돈을 챙겨서 빠르게 밖으로 나갔다.

그렇게, 아주 낯선 이야기가 내 삶을 송두리째 빨아들였다.